Anc

Les Nourritures terrestres

1897

JDH Éditions
Les Atemporels

Les Atemporels

Qu'il s'agisse d'œuvres du vingtième siècle, du dix-neuvième, du dix-huitième ou encore plus tôt…

Qu'il s'agisse d'essais, de récits, de romans, de pamphlets…

Ces œuvres ont marqué leur époque, leur contexte social, et elles sont encore structurantes dans la pensée et la société d'aujourd'hui.

La collection « Les Atemporels » de JDH Éditions, réunit un choix de ces œuvres qui ne vieillissent pas, qui ont une date de publication (indiquée sur la couverture) mais pas de date de péremption. Car elles seront encore lues et relues dans un siècle.

La plupart de ces atemporels sont préfacés par un auteur ou un penseur contemporain.

© 2022. Edico
Éditions : JDH Éditions pour Edico
77600 Bussy-Saint-Georges

Imprimé par BoD – Books on Demand, Norderstedt, Allemagne

Préface de Yoann Laurent-Rouault

Illustration couverture : Yoann Laurent-Rouault (*Cat's Society*)
Conception couverture : Cynthia Skorupa

ISBN : 978-2-38127-214-6
ISSN : 2681-7616
Dépôt légal : janvier 2022

Préface

Souvenirs

Le pavé bat plat dans la rue Hoche. C'est l'hiver et la nuit est pressée de prendre sa place. Mon pas est presque timide dans cette ville où je ne connais personne. Et que je découvre en promeneur solitaire. Je marque un arrêt dans cette rue avant de rejoindre ma chambre sous les toits. À ma gauche, le fronton des beaux-arts de Rennes, un ancien cloître aux pierres fauves, rêvant d'un monde perdu, noyé dans les jaunes et les ocres-bruns des lumières et des ombres artificielles.

Ces murs vénérables portent mes espoirs de jeune homme. Je viens d'intégrer cette école. Y arriverai-je ? Serai-je un artiste qui marquera son temps ?

À vingt ans, tous les espoirs sont permis. Même sans le sou et sans amour. À ma droite, une vitrine éclairée. Une de celles que j'aime regar-

der de tous temps et de toutes humeurs. Une librairie. Son nom ? Les nourritures terrestres.

Je n'ai connu la littérature d'André Gide que bien plus tard, dans la décennie suivante, dans une chambre d'hôtel du Pays basque espagnol. Par un livre de poche que j'avais emprunté à la jolie réceptionniste de nuit qui venait de le terminer, quand moi je m'apprêtais à gagner ma chambre pour ne pas dormir. Certaines insomnies sont douces comme d'autres sont terribles. Mais celle-ci fut heureuse. Le temps d'un rêve éveillé, j'ai connu Gide dans le silence feutré de cette nuit d'hôtel aux teintes étranges. De ma lecture, je retenais entre mille, cette phrase : « *Que l'importance soit dans ton regard, non dans la chose regardée.* »

À trente ans, cette phrase revêt une saveur particulière. Trente ans, c'est l'heure du premier bilan. Du rendez-vous sur la place des grands hommes. On ne sait pas encore tout à fait ce qu'on va faire ; mais en revanche, on commence à avoir une idée assez nette de ce qu'on ne veut plus faire. À trente ans, les amours juvéniles sont fanés, bien des amitiés sont déjà enterrées et la vie est plus compliquée, puisque le temps commence à marquer son tronc au couteau. Déjà, on ressent le besoin d'ouvrir des parenthèses dans le bruit et la fureur du quotidien. Ce livre en était une pour moi. J'avais retenu que la volonté de Gide était d'écrire sur la liberté individuelle. Sur la nécessité de s'affranchir des contraintes morales et sociétales et surtout familiales et de conter des amours interdits, comme tout poète qui se respecte le fait. En cela, j'ai toujours considéré la poésie comme un rempart contre le puritanisme et la mise en boîte des âmes. Comme des mots affranchis pour les excès. Se passant d'enveloppes et de tri. Et, je reconnais bien volontiers à cet auteur inclassable, « *une honnêteté du sentiment comme de la raison* », puisque c'est en plus une critique courante sur lui. L'autre propos était la transmission du savoir et de la recherche comme de la découverte d'un épicurisme presque idyllique.

L'éveil des sens…

L'hymne à la vie…

Le panthéon des plaisirs…

De quoi enchaîner les nuits blanches.

La promenade

Mais avant de me concentrer sur *Les Nourritures terrestres*, j'aimerais prendre mon temps. J'aimerais divaguer sur l'anatomie de cette marguerite que je m'apprête à effeuiller en quatre mille mots, puisque c'est

la place qu'on me donne sur le papier. Je souhaiterais explorer la vie de Gide comme à travers un kaléidoscope et en savoir plus sur ce faux monnayeur du conventionnel.

J'apprends par exemple, au détour d'un article le concernant, que Gide aurait pu crier du haut de son balcon : à bas la calotte !

En 1952, le Vatican, souvent bien inspiré, mais gêné par le bruit des cloches dans sa réflexion, n'avait rien trouvé de mieux que de mettre à l'index la totalité de son œuvre. Lecture peu recommandable selon eux, pour les ouailles de Pie XII. Et pour celles des papes suivants. Seulement, Gide est mort en 1951, quelques mois avant la sentence. Nous privant, je le suppose, d'une réponse aussi drôle qu'intelligente. Je commence par la mort du poète pour m'en débarrasser. À 81 ans, il écrira son dernier cahier, titré *Ainsi soit-il, les jeux sont faits*. Une congestion pulmonaire l'emportera, la Seine se fera maritime et sa terre accueillera ses obsèques.

À la lecture d'un autre article cependant, je vois que Gide fut à maintes reprises « dénoncé » pour pédérastie. Les termes employés par les rédacteurs sont durs et les situations décrites assez scabreuses. Un historien qui aurait marché dans ses pas en Afrique du Nord parle lui, « *du tourisme sexuel* » que pratiquait l'écrivain avec des « *garçonnets* ». Montherlant, avec qui il était ami, est cité lui aussi comme référence au sujet. Je passe et je continue. Bien qu'évidemment heurté. Comme Gide le faisait, je syncope mon texte, je découpe des fragments de vie pour mieux les assembler, je joue à me composer, en cubiste amateur, une nature morte à la chaise cannée. J'attrape au vol, coincé entre deux feuilles de châtaignier, pour compléter mon collage, une invitation pour un vin d'honneur à la mairie d'Étretat. Nous sommes en octobre 1895. André épouse enfin Madeleine, qu'il a attendue longtemps, comme Brel en attendait aussi une autre, plus tard et en chanson, à un arrêt du tram 33, pour aller manger des frites chez Eugène.

Ce mariage m'intrigue, surtout que je lis que Madeleine est sa cousine…

Je creuse davantage dans sa biographie.

J'apprends que durant l'automne 1882, lors d'une visite familiale, Gide tombe amoureux de sa cousine qui « *se noie dans le chagrin* » par la faute de sa mère et de ses mœurs dissolues. Il se dira « *troublé et émerveillé* » par la sincérité des jugements de la jeune femme, par « *sa rigueur morale* » et par « *sa conscience du mal* ».

Était-elle belle ?

Peu importe, il semblerait que pour Gide, la passion passe avant tout par l'intellect. Et qu'au final, elle n'a pas de sexe. Mais, ce qui reste un mystère, c'est que la description qu'il fait de cette jeune personne semble être son négatif. Son exact contraire. Un gage de bonheur que d'épouser son contraire ?

Quant au fait qu'elle soit sa cousine, je crois qu'en 1882, personne n'avait encore étudié de près la génétique de la généalogie de la couronne d'Angleterre et ses pathologies afférentes. Les mariages entre cousins et cousines étaient encore inscrits dans les mœurs de l'époque. Mais, je vois que la transaction a tout de même pris 13 années. Et que dans les suites de ma lecture, le moins qu'on puisse en dire, c'est que ce mariage fut complexe, tout autant que le parcours qui le mènera aux fiançailles. Je lis : « *Son premier recueil,* Les Cahiers d'André Walter, *avec lequel il espère obtenir un premier succès littéraire et la main de sa cousine, rencontrent la faveur de la critique, à défaut d'attirer l'attention du public.* » Nous sommes en 1889. Mais Madeleine n'arrive pas. Et Madeleine ne viendra pas. Le phénomène Gide l'effraie. Ses parents ne veulent pas de ce mariage. Et pour l'instant, la mère de Gide non plus. Les auteurs et leurs mères, c'est un autre poème. Rassurez-vous, je ne vous parlerai pas de la mienne.

Ce premier succès littéraire lui permet de rencontrer Paul Valéry avec qui il se liera d'amitié, et Mallarmé, qui s'opposera à lui, et encore d'autres illustres contemporains dans ces salons qui tenaient littérature pour nourritures terrestres. Gide entre dans le grand monde. Celui des rencontres critiques et des roues de paons. Des cahiers et des revues. Des correspondances assassines et des histoires d'alcôves.

Mais poursuivons, en 1891, peu après avoir écrit *Le Traité du Narcisse,* il fait la rencontre décisive, celle qui fait que sa vie ne sera plus la même, que sa vision du monde changera sans même le concours d'un opticien. Oscar Wilde.

L'homme l'impressionne autant qu'il l'attire. Par sa liberté et son goût de la vie dans un premier temps, puis par sa force de conviction et sa détermination ensuite. Pour Gide, jusque-là empêtré dans une quasi-période mystique et ascétique, découlant de son éducation protestante et bourgeoise, Wilde est un démon. Mais un démon séduisant et coloré, sachant manier l'art de la tentation comme personne. Regardant êtres et choses, et surtout les femmes, comme « *un potentiel de plaisir* ». Il lui ouvre la voie de l'esthétisme.

Le portrait de Dorian Gray, écrit à Paris par Wilde à la même époque, n'est pas sans équivoque pour le jeune écrivain que devient André

Gide. Wilde, dans ce roman, explore « *la beauté, la décadence et la duplicité* », sans contrefaçons. Confronté à la sévère et bien-pensante morale victorienne, le jeune dramaturge entraîne Gide sur les chemins de la rébellion. Du plaisir. Cette initiation, et cela n'engage que moi, se retrouve en belle place dans *Les Nourritures terrestres*.

Gide commence alors à penser que « *c'est un devoir que de se faire heureux* ». Il découvre peu à peu que le plaisir est un droit, qu'il est naturel et « *qu'il est recommandable pour l'esprit comme pour le corps* ». Le puritanisme protestant, les carcans de son éducation, le statut social de sa famille, les contraintes du rang, du nom et du qu'en-dira-t-on disparaissent peu à peu de son paysage. Vient à lui alors, la « *tentation de vivre* ». Et c'est heureux. Et indiqué.

Les années 93 et 94 sont pour Gide des années de voyages euphoriques, souvent abusives ou extrêmes, parfois contrariées par la maladie, sinon interrompues par Juliette, sa mère. Il part en compagnie du peintre Paul Laurens, pour neuf mois, dans un périple africain. C'est là que Gide s'avouera à ses passions qui paraissent bien obscures aujourd'hui. Il s'y « *affranchira moralement et sexuellement* », puisque c'est la formule consacrée. Puis, après la Tunisie et l'Algérie, ce sera l'Italie. Et, *Les Nourritures terrestres* trouveront alors en P*aludes*, leur préface. Je reviens presque par hasard à l'année 1895, un mot de Gide illustre la mort de sa mère. Ce mot est : « *Libératrice* ». Une mort libératrice.

Formulation terrible de conséquences, riche de non-dits, saignante de douleur.

J'ai en tête cette phrase de Camus, cette phrase d'ouverture d'un des romans les plus célèbres de notre patrimoine, à savoir *L'étranger*. Cette phrase, aussi simple que dramatique, ce constat, cette réalité imposée m'avait sauté au visage à sa lecture : « *Aujourd'hui, maman est morte.* » Le mot de Gide m'y fait penser. Et il est antérieur à l'écrit de Camus.

Cette même année, le voyage de noces avec Madeleine dure 7 mois. Et *Les Nourritures terrestres* s'achève dans l'encre noire d'un mariage non consommé. D'une désillusion. D'une victoire amère.

Nous sommes maintenant en 1897, *Les Nourritures terrestres* sont bien accueillies par le public, mais ses proches amis de la littérature « consacrée » lui reprochent *l'individualisme forcené* et presque onaniste de ses plaisirs décrits. Mais on salue cependant son lyrisme à l'unanimité. Succès d'estime pour un livre qui ne rencontrera vraiment son public que trente ans après, en 1927.

Durant l'hiver 1898, Gide s'intéresse, comme la majorité des Français, à l'affaire Dreyfus. Il signe la pétition de soutien à Émile Zola

l'accusateur, mais reste dans le compromis. Dans *La Revue blanche*, il publiera *Philoctète* qui sera vraisemblablement sa seule contribution intellectuelle à l'affaire du capitaine Alfred Dreyfus.

Peu après, la sortie du *Prométhée mal enchaîné*, incompris par la critique, passe inaperçue. Gide à cette époque, se tourne vers le théâtre, mais sans succès. Ses pièces ne se montrent pas et surtout, sont ignorées ou massacrées par la critique. La première du *Roi Caudaule* est un désastre. Même joué, le théâtre de Gide ne fonctionne pas. Il fera donc sans.

En 1902, *L'immoraliste* est un succès. La part autobiographique du texte est assez surprenante. La chasse aux démons reste ouverte comme la chasse aux anges. Ce livre nous emmène directement en 1909 où est publiée *La Porte étroite*. Entre les deux, Gide retrouve le désert. Dans les faits littéraires.

Toujours en 1909, il fonde *la Nouvelle Revue française* (NRF), après avoir collaboré à *La Revue blanche*. Copeau et Schlumberger participent avec lui à ce qui deviendra une référence dans le paysage littéraire et intellectuel français. En 1911, le groupe s'associe à *Gaston Gallimard pour adosser une maison d'édition à la revue*. J'aimerais disserter sur cette belle aventure des lettres, mais on me reprocherait à la production de la maison d'édition, ma digression. Et puis je serais critique de ce monde de l'édition actuel où le talent passe après le carnet d'adresses. Où la vente sublime le texte. Malgré l'héritage.

Gide rédige *Les Caves du Vatican* en 1914, que je l'avoue, j'aimerais visiter seul… Ce texte est une sorte de fable burlesque en rapport avec la fin de son amitié avec Paul Claudel, qui n'est pas parvenu à le convertir au catholicisme. Ni à le convaincre d'amitié.

La guerre éclate. Dans ce conflit des marchands de canons, l'Europe des alliances s'étripe de bon cœur, et pour la première fois, sur terre, comme sur mer, comme dans les airs et comme sous terre. Un tableau inédit qui ne le séduira pas. Gide n'y trouvera pas sa place, comme Apollinaire ou d'autres. Il sera d'ailleurs réformé pour raison de santé. Pour lui, en cette période, la vie continue malgré le déluge.

En 1916, la candide Madeleine descend du tram 33 avant son terminus. Je lis qu'elle aurait alors « *découvert les mœurs pédérastes* » de son cher, tendre et improbable époux. Elle ne remontera plus dans le tramway. Et jouera de loin, jusqu'en 1938, année de sa mort, son rôle d'épouse. Bafouée.

Au même moment, l'insatiable Gide rencontre Marc, un adolescent. La passion l'enflamme, ils partent ensemble pour la Suisse, voyage qui

lui inspirera une bonne partie de son célèbre roman *Les Faux Monnayeurs*.

1919, publication de *La Symphonie pastorale*, Gide aborde encore le thème de la connaissance de soi, et ironise sur le rapport intime de l'homme aux mensonges comme à la vérité. Peu après s'ensuivra une période de traductions et de conférences qui permettront aux lecteurs français de découvrir Conrad, Dostoïevski, Blake, et Pouchkine. Parallèlement, il publie son autobiographie, *Si le grain ne meurt* en 1921. Trente ans avant sa mort. Avait-il d'autres projets ?

Mais, plus j'avance dans mes recherches et plus je constate que la vie d'André Gide est riche et complexe ; dois-je parler de sa paternité ? De sa fille dont Madeleine ne saura jamais rien ? Je ne sais pas si c'est utile et si ça m'intéresse vraiment. Je passe.

Je lis et je note cependant quatre faits marquants communs aux nombreuses biographies sur Gide : *Corydon*, sa vie pendant la Seconde Guerre mondiale, son engagement communiste et son prix Nobel. Je vais donc aller dans cet ordre.

Corydon

Corydon est un essai philosophique publié en 1924, qui veut combattre les préjugés envers l'homosexualité et la pédérastie. Réactif à une situation judiciaire selon lui injuste, réactif aux mœurs de l'époque qui considéraient l'homosexualité comme un crime, il commencera à l'écrire en 1910. À la même époque, une autre réaction ne va pas tarder à donner lieu à une nouvelle publication. Ses amis ou proches collaborateurs se convertissent au catholicisme et essaient de l'y entraîner. *Les Nouvelles Nourritures* verront donc le jour en 1935. Mais, encore aujourd'hui, le débat reste passionné et choquant. La pédérastie entraîne encore des avalanches de scandales et de procès. L'homosexualité quant à elle devient une mode, tronquée par la bisexualité, le monde du cinéma surfe sur la vague et ses acteurs, sur l'odeur du soufre.

Staline me voilà

Le communisme est le phénomène intellectuel et politique des années 30. Gide s'y intéresse comme nombre d'autres et s'enthousiasme pour l'expérience russe dans laquelle il voit « *un espoir, un laboratoire de l'homme nouveau, qu'il appelle de ses vœux* ».

Sa prise de position n'est pas comprise par ses proches. Beaucoup dans le cercle des «*penseurs communistes*» regardent avec méfiance ce grand bourgeois qui vient à eux, jugeant comme l'écrira Jean Guéhenno que « *les pensées de M. Gide semblent trop souvent ne lui coûter rien* » et que « *M. Gide n'a pas assez souffert* » pour s'exprimer sur la condition ouvrière comme sur le partage des richesses ou l'utilité du collectivisme. Gide, en parallèle, est aussi actif dans diverses actions antifascistes. Il faut dire que l'Europe tout entière s'apprête à marcher au pas de l'oie dans ces années brunes.

En 1936, les autorités soviétiques l'invitent en URSS. Il accepte. Sur place, ses illusions sur le système ne font pas long feu. Il est témoin de ce que véhicule le culte de Staline et des dangers de bâtir un système autour d'un « dieu vivant ». La censure aussi le révoltera.

Le communisme, à titre personnel, a déprécié pour moi nombre de personnalités actives entre les années 30 et 70, que j'admire pourtant pour leur travail dans leurs domaines de compétences. Peintres et auteurs. Acteurs et artistes aussi, comme auteurs. Picasso ou Montand et Signoret, par exemple. Je n'ai jamais compris, surtout dans la décennie suivant l'après-guerre, comment le communisme pouvait séduire somme toute, des privilégiés. Des stars qui ont tout. Quelle bonne conscience essayaient-ils de s'offrir ?

Comme les radicaux anticommunistes m'ont rapidement dégoûté « *du combat pour la liberté* ». Le renvoi de Chaplin des USA, la croisade de Wayne et d'Hollywood revenus à une propagande de guerre, l'acharnement politique et bureaucratique de nombreuses institutions, en France comme à l'étranger, les internements et les procès sommaires… et encore la guerre sur les terrains de jeu des grandes puissances est-ouest et la prise en otage des populations, massacrées pour la patrie…

Gide finira par publier sa vérité, en un réquisitoire contre le stalinisme : «*Que le peuple des travailleurs comprenne qu'il est dupé par les communistes, comme ceux-ci le sont aujourd'hui par Moscou.* » Mais cela ne sera pas sans conséquence pour lui. Et le dénouement de la guerre d'Espagne achèvera de tuer ses engagements politiques et il déclarera vouloir mettre un terme à ses combats. Il dira avoir besoin de « *désapprendre à vivre.* »

Mais l'histoire ne lui en laissera guère le loisir, car arrive la défaite française consécutive à la drôle de guerre, l'avènement de Pétain que, s'il l'approuve dans un premier temps, il combattra rapidement.

La Seconde Guerre mondiale

Rapidement après la création de «l'État français», Gide est accusé « *d'avoir contribué à la défaite en raison de son influence sur la jeunesse* ». Je lis : « *Les journaux de la collaboration font son procès. Les Allemands reprennent en main la NRF, désormais dirigée par Drieu la Rochelle. Gide refuse de s'associer au comité directeur. Il donne un texte au premier numéro puis, devant l'orientation prise par la revue, s'abstient de tout autre publication, à la manière de Mauriac. Malgré les pressions amicales ou inamicales, il publie dans* Le Figaro *sa volonté d'abandonner la NRF. Il refuse également une place d'académicien.* » Il fuit Paris, d'instinct, et se réfugie dans le sud de la France.

À partir de 1942, les attaques dirigées contre lui (et bien d'autres) s'intensifient, sans qu'il puisse se défendre, pour cause de censure. Il s'embarque pour Tunis. Pendant l'occupation de la ville, il constate avec effroi les effets de l'antisémitisme. Plus que d'autres privations, il souffre de son isolement. Puis il quitte Tunis libérée pour Alger, où il rencontre le général de Gaulle. Il accepte la direction de L'Arche, *une revue littéraire dirigée contre la NRF.* » J'ajoute que les communistes ont une réelle influence dans le nouveau maillage administratif français et jusque dans les nouveaux ministères qui succèdent au gouvernement Pétain. Gide se trouvera mis à mal par la résistance communiste et sera accusé à plusieurs reprises d'antipatriotisme. Il ne reviendra à Paris qu'en mai 1946, fuyant les «horreurs de l'épuration» et il peinera à retrouver une place dans le monde littéraire qui n'est plus que «*politique*» et qui a perdu son «*autonomie*».

Le prix Nobel

Après 1947, Gide n'écrit presque plus. « *Tout en affirmant haut et fort qu'il ne renie rien, y compris Corydon* », l'écrivain scandaleux qu'il a été pour certains accepte les hommages des institutions conservatrices, tel le prix Nobel de littérature cette même année, preuve selon lui « *qu'il a eu raison de croire à la vertu du petit nombre qui finit tôt ou tard par l'emporter* ». Il réaffirme dans son discours également son rôle d'intellectuel « *détaché de l'actualité* ». C'est à travers la littérature qu'André Gide s'est dressé contre les préjugés de son temps et son influence est moins redevable à ses engagements politiques qu'à son art. Il l'a bien compris et il a fini par l'admettre. Mais cette lutte sera tout de même couronnée par une victoire, et pas des moindres. Non seulement il aura un flambeau à transmettre, mais ce prix Nobel de littérature, la plus haute distinction pour un écrivain, confirmera la place de Gide au panthéon des écrivains français.

Présentation des *Nourritures terrestres*

La rédaction des *Nourritures terrestres* débute à Biskra en Tunisie. L'écrivain inspiré par Rimbaud et le recueil des *Illuminations*, laisse aller sa plume à la contemplation des plaisirs. « *Pour les symbolistes, il s'agit de rompre avec la représentation réaliste du monde, comme avec les certitudes matérialistes et scientifiques.* » Sciences, qui au siècle des Lumières sont la concurrence directe des religions et des croyances. *Les Nourritures terrestres* paraîtront dans un premier temps en feuilleton, dès janvier 1896, dans la revue *L'Ermitage*, sous le titre de *Récit de Ménalque*, du nom d'un des deux principaux personnages. « *J'écrivais ce livre à un moment où la littérature sentait furieusement le factice et le renfermé ; où il me paraissait urgent de la faire à nouveau toucher terre et poser simplement sur le sol un pied nu. À quel point ce livre heurtait le goût du jour, c'est ce que laissa voir son insuccès total ! Aucun critique n'en parla* », dira Gide. Puis viendra un tirage restreint de 500 exemplaires au Mercure de France qui permettra au public et à la critique de les découvrir en 1897, avant une première édition à grand tirage chez Gallimard en 1917. Le livre ne s'installera qu'à partir de 1920, et répondra alors au besoin de vivre de la génération de l'après-guerre.

Le livre a une structure étrange, surtout pour l'époque, il faut reconnaître que c'est assez déroutant : Gide mêle plusieurs ingrédients tels que les notes de voyage, les fragments de journal intime et le récit et l'abus de dialogues. L'auteur est encore influencé par le mouvement symboliste. Le narrateur s'adresse à *Nathanaël*, qui fait figure d'interlocuteur universel comme de lecteur unique pour l'auteur.

Le thème principal de l'œuvre est la joie des sens. Associée à la découverte et la reconnaissance des plaisirs simples. Puis vient la sublimation spirituelle.

En toile de fond, c'est l'initiation et le rapport maître/disciple qui domine, dans la découverte des plaisirs et la transmission de la ferveur utile à la contemplation. Le tout est servi par un lyrisme débordant et presque trop candide par moments. Gide cherche la définition symbolique d'une renaissance. Il voyage dans une sorte de léthargie rêveuse et rencontre le personnage de Ménalque.

Pour qui s'intéresse à la biographie de l'auteur, nous retrouvons une grande part de son vécu et de son éducation dans le texte, savant mélange de critiques éducatives et religieuses propres au milieu dont il est issu. Dans la deuxième partie du texte, il insiste « *sur la nécessaire satisfaction des désirs* ». Et sur « *l'ivresse des émotions* ». Comme sur la notion

libératrice de ne plus considérer ce qui est un péché comme tel. La justification étant que la jouissance est divine et que le plaisir est une « *création* » de Dieu.

La troisième partie est plus intimiste, elle flirte avec le carnet de voyage comme avec le récit. Faits et gestes anodins, rencontres et paysages. Sensations et impressions, quasi photographiques. Ensuite vient le temps des expériences sensuelles et de la nécessaire cassure familiale mise en relief. Se départir comme se défaire des carcans de l'éducation comme de l'emprise des parents. On trouve dans cette partie aussi, une philosophie proche du communisme qui le séduira un temps, avec ses réflexions sur les biens matériels. Ensuite, toujours sur le principe du découpage, l'auteur s'égare dans de nouvelles contemplations, et multiplie les ambiances comme les paysages. Comme applications aux principes donnés plus haut. Avec une pointe de « naturalisme ». Et du retour « aux sources » nécessaire à l'être. Mais, « la joie du petit monde » le pousse encore à la découverte de contrées inexplorées. L'orientalisme renaît au fil des pages, avec toute sa mystique. Pour une dernière danse avec le lecteur.

Arrive l'heure du bilan et de la morale de l'histoire, en cela le conte se détache nettement du carnet, qui chemine à nouveau vers le secret de l'univers et la recherche du bonheur et de la plénitude des sens.

Notons que Gide fera intervenir deux « sources » tout au long du livre qui sont les fondements culturels de notre société : le Nouveau Testament et l'Antiquité.

« Bien avant que Gide lui-même eût confirmé cette interprétation, j'appris à lire dans *Les Nourritures terrestres* l'évangile de dénuement dont j'avais besoin », écrira Camus.

Dieu devient liberté sous la plume du poète symboliste, par instants tout aussi hermétique que Mallarmé, les sens devenant raisons et la nature condition à l'accomplissement. Le tout au service de la sensualité et du plaisir. Qui amènent à la connaissance de soi.

C'est ce que l'on peut retenir du propos de Gide à travers la lecture de ses *Nourritures terrestres*. Il écrira, dans les *Feuillets d'Automne* en 1949 : « *Élever l'homme au-dessus de lui-même, le délivrer de sa pesanteur, l'aider à se surpasser, en l'exaltant, le rassurant, l'avertissant, le modérant, n'est-ce pas là le but secret de la Littérature ?* »

Yoann Laurent-Rouault
directeur littéraire des collections de JDH Éditions

Biographie

Naissance : 22 novembre 1869 à Paris.

Décès : 19 février 1951 (à 81 ans) à Paris.

Nom de naissance : André Paul Guillaume Gide.

Nationalité : Française.

Formation : Lycée Henri-IV. École alsacienne.

Activités : Journaliste, producteur de cinéma, essayiste, dramaturge, romancier, diariste, écrivain voyageur, traducteur, écrivain, prosateur. A travaillé pour *Le Figaro*.

Genres artistiques : Roman, prose, dramaturgie.

Influencé par : Henry Fielding, Johann Wolfgang von Goethe, Victor Hugo, Fiodor Dostoïevski, Stéphane Mallarmé, Friedrich Nietzsche, Joris-Karl Huysmans, Roger Martin du Gard, Oscar Wilde.

Distinctions :
- Goethe-Medaille für Kunst und Wissenschaft.
- Prix Nobel de littérature (1947).
- Médaille Goethe de la ville de Francfort (1949).

Ses œuvres

– *Les Cahiers d'André Walter*, L'Art indépendant, 1891.
– *Le Traité du Narcisse*, L'Art indépendant, 1891.
– *Les Poésies d'André Walter*, L'Art indépendant, 1892.
– *Le Voyage d'Urien*, L'Art indépendant, 1893.
– *La Tentative amoureuse*, L'Art indépendant, 1893.
– *Paludes*, L'Art indépendant, 1895.
– *Réflexions sur quelques points de littérature et de morale*, Mercure de France, 1897.
– *Les Nourritures terrestres*, Paris : Mercure de France, 1897.
– *Feuilles de route 1895-1896*, SLND (Bruxelles), 1897.
– *Le Prométhée mal enchaîné*, Mercure de France, 1899.
– *Philoctète* et *El Hadj*, Mercure de France, 1899.

- *Lettres à Angèle*, Mercure de France, 1900.
- *De l'Influence en littérature*, L'Ermitage, 1900, rééd. Allia, Paris, 2010, 48 p., (ISBN 978-2-84485-358-5)
- *Le Roi Candaule*, La Revue blanche, 1901.
- *Les Limites de l'Art*, L'Ermitage, 1901.
- *L'Immoraliste*, Mercure de France, 1902.
- *Saül*, Mercure de France, 1903.
- *De l'Importance du Public*, L'Ermitage, 1903.
- *Prétextes*, Mercure de France, 1903.
- *Amyntas*, Mercure de France, 1906.
- *Le Retour de l'Enfant prodigue*, Vers et Prose, 1907.
- *Dostoïevsky d'après sa correspondance*, Jean et Berger, 1908.
- *La Porte étroite*, Mercure de France, 1909.
- *Oscar Wilde*, Mercure de France, 1910.
- *Nouveaux Prétextes*, Mercure de France, 1911.
- *Charles-Louis Philippe*, Figuière, 1911.
- *C.R.D.N.*, 1911 (tirage privé à 12 exemplaires).
- *Isabelle*, Paris : NRF, 1911.
- *Bethsabé*, L'Occident, 1912.
- *Ne jugez pas : souvenirs de la cour d'assises*, Gallimard, 1913.
- *Les Caves du Vatican*, NRF, 1914.
- *La Symphonie pastorale*, NRF, 1919.
- *Corydon*, 1920 (tirage privé à 21 exemplaires).
- *Morceaux choisis*, NRF, 1921.
- *Pages choisies*, Crès, 1921.
- *Numquid et tu… ?* SLND [Bruges, 1922].
- *Dostoïevsky*, Plon, 1923.
- *Incidences*, NRF, 1924.
- *Corydon*, NRF, 1924.
- *Caractères*, La Porte étroite, 1925.
- *Les Faux-monnayeurs*, NRF, 1925.
- *Si le grain ne meurt*, NRF, 1926.
- *Le Journal des Faux-Monnayeurs*, Éos, 1926.
- *Dindiki*, 1927.
- *Voyage au Congo*, NRF, 1927.
- *Le Retour du Tchad*, NRF, 1928.
- *L'École des femmes*, NRF, 1929.
- *Essai sur Montaigne*, Schiffrin, 1929.
- *Un esprit non prévenu*, Kra, 1929.
- *Robert*, NRF, 1930.
- *La Séquestrée de Poitiers*, Gallimard, 1930.

- *L'Affaire Redureau*, Gallimard, 1930.
- *Œdipe*, Schiffrin, Paris : Éditions de la Pléiade, 1931.
- *Divers*, Gallimard, 1931.
- *Perséphone*, Gallimard, 1934.
- *Pages de Journal 1929-1932*, Gallimard, 1934.
- *Les Nouvelles Nourritures*, Gallimard, 1935.
- *Nouvelles Pages de Journal 1932-1935*, Gallimard, 1936.
- *Geneviève*, Gallimard, 1936.
- *Retour de l'U.R.S.S.*, Gallimard, 1936.
- *Retouches à mon Retour de l'U.R.S.S.*, Gallimard, 1937.
- *Notes sur Chopin*, Revue Internationale de Musique, 1938.
- *Journal 1889-1939*, Paris : NRF, 1939. Collection « Bibliothèque de la Pléiade », n° 54. Réimprimé en 1977.
- *Les pages immortelles de Montaigne* (préface et anthologie), Corrêa, 1939.
- *Découvrons Henri Michaux*, Gallimard, 1941.
- *Théâtre : Saül, Le Roi Candaule, Œdipe, Perséphone, Le Treizième Arbre*, Gallimard, 1942.
- *Interviews imaginaires*, Éd. du Haut-Pays, 1943.
- *Pages de Journal*, Alger, Charlot, 1944. Sur la période 1939-1941.
- *Pages de Journal 1939-1942*, Schiffrin, 1944.
- *Thésée*, New York : Pantheon Books, J. Schiffrin, 1946. Gallimard, 1946.
- *Souvenirs littéraires et problèmes actuels*, Les Lettres Françaises, 1946.
- *Le Retour*, Ides et Calendes, 1946.
- *Paul Valéry*, Domat, 1947.
- *Poétique*, Ides et Calendes, 1947.
- *Le Procès*, Gallimard, 1947.
- *L'Arbitraire*, Le Palimugre, 1947.
- *Préfaces*, Ides et Calendes, 1948.
- *Rencontres*, Ides et Calendes, 1948.
- *Les Caves du Vatican (farce)*, Ides et Calendes, 1948.
- *Éloges*, Ides et Calendes, 1948.
- *Robert ou l'Intérêt général*, Ides et Calendes, 1949.
- *Feuillets d'automne*, Mercure de France, 1949.
- *Anthologie de la poésie française*, NRF, 1949.
- *Journal 1942-1949*, Gallimard, 1950.
- *Littérature engagée*, Gallimard, 1950.
- *Égypte 1939*, SLND [Paris, 1951].
- *Et nunc manet in te*, Ides et Calendes, 1951.

Voici les fruits dont nous nous sommes nourris sur la terre.

Le Coran, II, 23

Ne te méprends pas, Nathanaël, au titre brutal qu'il m'a plu de donner à ce livre ; j'eusse pu l'appeler Ménalque, *mais* Ménalque *n'a jamais, non plus que toi-même, existé. Le seul nom d'homme est le mien propre, dont ce livre eût pu se couvrir ; mais alors comment eussé-je osé le signer ?*

Je m'y suis mis sans apprêts, sans pudeur ; et si parfois j'y parle de pays que je n'ai point vus, de parfums que je n'ai point sentis, d'actions que je n'ai point commises – ou de toi, mon Nathanaël, que je n'ai pas encore rencontré –, ce n'est point par hypocrisie, et ces choses ne sont pas plus des mensonges que ce nom, Nathanaël qui me liras, que je te donne, ignorant le tien à venir.

Et quand tu m'auras lu, jette ce livre – et sors. Je voudrais qu'il t'eût donné le désir de sortir – sortir de n'importe où, de ta ville, de ta famille, de ta chambre, de ta pensée. N'emporte pas mon livre avec toi. Si j'étais Ménalque, pour te conduire j'aurais pris ta main droite, mais ta main gauche l'eût ignoré, et cette main serrée, au plus tôt je l'eusse lâchée, dès qu'on eût été loin des villes, et que je t'eusse dit : oublie-moi.

Que mon livre t'enseigne à t'intéresser plus à toi qu'à lui-même, – puis à tout le reste plus qu'à toi.

LIVRE PREMIER

Mon paresseux bonheur qui longtemps sommeilla
S'éveille…

HAFIZ

I

Ne souhaite pas, Nathanaël, trouver Dieu ailleurs que partout.

Chaque créature indique Dieu, aucune ne le révèle.
Dès que notre regard s'arrête à elle, chaque créature nous détourne de Dieu.

Tandis que d'autres publient ou travaillent, j'ai passé trois années de voyage à oublier au contraire tout ce que j'avais appris par la tête. Cette désinstruction fut lente et difficile ; elle me fut plus utile que toutes les instructions imposées par les hommes, et vraiment le commencement d'une éducation.
Tu ne sauras jamais les efforts qu'il nous a fallu faire pour nous intéresser à la vie ; mais maintenant qu'elle nous intéresse, ce sera comme toute chose – passionnément.

Je châtiais allégrement ma chair, éprouvant plus de volupté dans le châtiment que dans la faute – tant je me grisais d'orgueil à ne pas pécher simplement.
Supprimer en soi l'idée de *mérite* ; il y a là un grand achoppement pour l'esprit.

L'incertitude de nos voies nous tourmenta toute la vie. Que te dirais-je ? Tout choix est effrayant, quand on y songe : effrayante une liberté que ne guide plus un devoir. C'est une route à élire dans un pays de toutes parts inconnu, où chacun fait *sa* découverte et, remarque-le bien, ne la fait que pour soi ; de sorte que la plus incertaine trace dans la plus ignorée Afrique est moins douteuse encore… Des bocages ombreux nous attirent ; des mirages de sources pas encore taries… Mais plutôt les sources seront où les feront couler nos désirs ; car le pays n'existe qu'à mesure que le forme notre approche, et le paysage à l'entour, peu à peu, devant notre marche se dispose ; et nous ne voyons pas au bout de l'horizon ; et même près de nous ce n'est qu'une successive et modifiable apparence.
Mais pourquoi des comparaisons dans une matière si grave ? Nous croyons tous devoir découvrir Dieu. Nous ne savons, hélas ! en attendant de Le trouver, où nous devons adresser nos prières. Puis on se dit

enfin qu'il est partout, n'importe où, l'Introuvable, et on s'agenouille au hasard.

Et tu seras pareil, Nathanaël, à qui suivrait pour se guider une lumière que lui-même tiendrait en sa main.

Où que tu ailles, tu ne peux rencontrer que Dieu. – Dieu, disait Ménalque : c'est ce qui est devant nous.

Nathanaël, tu regarderas tout en passant, et tu ne t'arrêteras nulle part. Dis-toi bien que Dieu seul n'est pas provisoire.

Que l'*importance* soit dans ton regard, non dans la chose regardée.

Tout ce que tu gardes en toi de connaissances *distinctes* restera distinct de toi jusques à la consommation des siècles. Pourquoi y attaches-tu tant de prix ?

Il y a profit aux désirs, et profit au rassasiement des désirs – parce qu'ils en sont augmentés. Car, je te le dis en vérité, Nathanaël, chaque désir m'a plus enrichi que la possession toujours fausse de l'objet même de mon désir.

Pour bien des choses délicieuses, Nathanaël, je me suis usé d'amour. Leur splendeur venait de ceci que j'ardais sans cesse pour elles. Je ne pouvais pas me lasser. Toute ferveur m'était une usure d'amour, une usure délicieuse.

Hérétique entre les hérétiques, toujours m'attirèrent les opinions écartées, les extrêmes détours des pensées, les divergences. Chaque esprit ne m'intéressait que par ce qui le faisait différer des autres. J'en arrivai à bannir de moi la sympathie, n'y voyant plus que la reconnaissance d'une émotion commune.

Non point la sympathie, Nathanaël, – l'amour.

Agir *sans juger* si l'action est bonne ou mauvaise. Aimer sans s'inquiéter si c'est le bien ou le mal.

Nathanaël, je t'enseignerai la ferveur.

Une existence pathétique, Nathanaël, plutôt que la tranquillité. Je ne souhaite pas d'autre repos que celui du sommeil de la mort. J'ai peur que tout désir, toute énergie que je n'aurais pas satisfaits durant ma vie, pour leur survie ne me tourmentent. *J'espère*, après avoir exprimé sur cette terre tout ce qui attendait en moi, satisfait, mourir complètement *désespéré*.

Non point la sympathie, Nathanaël, l'amour. Tu comprends, n'est-ce pas, que ce n'est pas la même chose. C'est par peur d'une perte d'amour que parfois j'ai pu sympathiser avec des tristesses, des ennuis, des douleurs que sinon je n'aurais qu'à peine endurés. Laisse à chacun le soin de sa vie.

(Je ne peux écrire aujourd'hui parce qu'une roue tourne en la grange. Hier je l'ai vue ; elle battait du colza. La balle s'envolait ; le grain roulait à terre. La poussière faisait suffoquer. Une femme tournait la meule. Deux beaux garçons, pieds nus, récoltaient le grain.

Je pleure parce que je n'ai rien de plus à dire.

Je sais qu'on ne commence pas à écrire quand on n'a rien de plus à dire que ça. Mais j'ai pourtant écrit et j'écrirai encore d'autres choses sur le même sujet.)

*

Nathanaël, j'aimerais te donner une joie que ne t'aurait donnée encore aucun autre. Je ne sais comment te la donner, et pourtant, cette joie, je la possède. Je voudrais m'adresser à toi plus intimement que ne l'a fait encore aucun autre. Je voudrais arriver à cette heure de nuit où tu auras successivement ouvert puis fermé bien des livres cherchant dans chacun d'eux plus qu'il ne t'avait encore révélé ; où tu attends encore ; où ta ferveur va devenir tristesse, de ne pas se sentir soutenue. Je n'écris que pour toi ; je ne t'écris que pour ces heures. Je voudrais écrire tel livre d'où toute pensée, toute émotion personnelle te semblât absente, où tu croirais ne voir que la projection de ta propre ferveur : Je voudrais m'approcher de toi et que tu *m'aimes*.

La mélancolie n'est que de la ferveur retombée.

Tout être est capable de nudité ; toute émotion, de plénitude.

Mes émotions se sont ouvertes comme une religion. Peux-tu comprendre cela : toute sensation est d'une *présence* infinie.

Nathanaël, je t'enseignerai la ferveur.

Nos actes s'attachent à nous comme sa lueur au phosphore. Ils nous consument, il est vrai, mais ils nous font notre splendeur.

Et si notre âme a valu quelque chose, c'est qu'elle a brûlé plus ardemment que quelques autres.

Je vous ai vus, grands champs baignés de la blancheur de l'aube ; lacs bleus, je me suis baigné dans vos flots – et que chaque caresse de

l'air riant m'ait fait sourire, voilà ce que je ne me lasserai pas de te redire, Nathanaël. Je t'enseignerai la ferveur.

Si j'avais su des choses plus belles, c'est celles-là que je t'aurais dites – celles-là, certes, et non pas d'autres.

Tu ne m'as pas enseigné la sagesse, Ménalque. Pas la sagesse, mais l'amour.

<div align="center">*</div>

J'eus pour Ménalque plus que de l'amitié, Nathanaël, et à peine moins que de l'amour. Je l'aimais aussi comme un frère.

Ménalque est dangereux ; crains-le ; il se fait réprouver par les sages, mais ne se fait pas craindre par les enfants. Il leur apprend à n'aimer plus seulement leur famille et, lentement, à la quitter ; il rend leur cœur malade d'un désir d'aigres fruits sauvages et soucieux d'étrange amour. Ah ! Ménalque, avec toi j'aurais voulu courir encore sur d'autres routes. Mais tu haïssais la faiblesse et prétendais m'apprendre à te quitter.

Il y a d'étranges possibilités dans chaque homme. Le présent serait plein de tous les avenirs, si le passé n'y projetait déjà une histoire. Mais, hélas ! un unique passé propose un unique avenir – le projette devant nous, comme un pont infini sur l'espace.

On n'est sûr de ne jamais faire que ce que l'on est incapable de comprendre. Comprendre, c'est se sentir capable de faire.

ASSUMER LE PLUS POSSIBLE D'HUMANITÉ, voilà la bonne formule.

Formes diverses de la vie ; toutes vous me parûtes belles. (Ce que je te dis là, c'est ce que me disait Ménalque.)

J'espère bien avoir connu toutes les passions et tous les vices ; au moins les ai-je favorisés. Tout mon être s'est précipité vers toutes les croyances ; et j'étais si fou certains soirs que je croyais presque à mon âme, tant je la sentais près de s'échapper de mon corps, – me disait encore Ménalque.

Et notre vie aura été devant nous comme ce verre plein d'eau glacée, ce verre humide que tiennent les mains d'un fiévreux, qui veut

boire, et qui boit tout d'un trait, sachant bien qu'il devrait attendre, mais ne pouvant pas repousser ce verre délicieux à ses lèvres, tant est fraîche cette eau, tant l'altère la cuisson de la fièvre.

II

Ah ! comme j'ai donc respiré l'air froid de la nuit, ah ! croisées ! et, tant les pâles rayons coulaient de la lune, à cause des brouillards, comme des sources – on semblait boire.

Ah ! croisées ! que de fois mon front s'est venu rafraîchir à vos vitres, et que de fois mes désirs, lorsque je courais de mon lit trop brûlant vers le balcon, à voir l'immense ciel tranquille, se sont évaporés comme des brumes.

Fièvres des jours passés, vous étiez à ma chair une mortelle usure ; mais comme l'âme s'épuise quand rien ne la distrait de Dieu !

La fixité de mon adoration était effrayante ; je m'y décontenançais tout entier.

Tu chercherais encore longtemps, me dit Ménalque, le bonheur impossible des âmes…

Les premiers jours de douteuse extase passés – mais avant d'avoir rencontré Ménalque – ce fut une période inquiète d'attente et comme une traversée de marais. Je sombrais en des accablements de sommeil dont dormir ne me guérissait pas. Je me couchais après le repas ; je dormais, je me réveillais plus las encore, l'esprit engourdi comme pour une métamorphose.

Obscures opérations de l'être ; travail latent, genèses d'inconnu, parturitions laborieuses ; somnolences, attentes ; comme les chrysalides et les nymphes, je dormais ; je laissais se former en moi le nouvel être que je serais, qui ne me ressemblait déjà plus. Toute lumière me parvenait comme au travers de couches d'eaux verdies, à travers feuilles et ramures ; perceptions confuses, indolentes, analogues à celles des ivresses et des grands étourdissements. – Ah ! que vienne enfin, suppliais-je, la crise aiguë, la maladie, la douleur vive ! Et mon cerveau se comparait aux ciels d'orages, de nuages pesants encombrés, où l'on respire à peine, où tout attend l'éclair pour déchirer ces outres fuligineuses, pleines d'humeur et cachant l'azur.

Combien durerez-vous, attentes ? et finies, nous restera-t-il de quoi vivre ? – Attentes ! attentes de quoi ? criais-je. Que pouvait-il advenir qui ne naîtrait pas de nous-mêmes ? Et que se pouvait-il de nous que nous ne connussions déjà ?

La naissance d'Abel, mes fiançailles, la mort d'Eric, le bouleversement de ma vie, loin de finir cette apathie, semblèrent m'y replonger davantage, tant il semblait que cette torpeur vînt de la complexité même de mes pensées, et de mes volontés indécises. J'eusse voulu dormir, infiniment, dans l'humidité de la terre et comme une végétation. Parfois je me disais que la volupté viendrait à bout de ma peine, et je cherchais dans l'épuisement de la chair une libération de l'esprit. Puis de nouveau je dormais de longues heures, ainsi que les petits enfants que l'on couche au milieu du jour, assoupis de chaleur, dans la maison vivante.

Puis je me réveillais de très loin, en sueur, le cœur battant, la tête somnolente. La lumière qui s'infiltrait d'en bas, entre les fentes des volets clos, et renvoyait au plafond blanc les reflets verts de la pelouse, cette clarté du soir m'était la seule chose délicieuse, pareille à la clarté qui paraît douce et charmante, venue entre les feuilles et les eaux, et qui tremble, au seuil des grottes, après qu'on a longtemps senti vous envelopper leurs ténèbres.

Les bruits de la maison arrivaient vaguement. Je renaissais lentement à la vie. Je me lavais avec de l'eau tiède et j'allais plein d'ennui vers la plaine, jusqu'au banc du jardin où j'attendais venir le soir sans rien faire. Pour parler, pour écouter, pour écrire, j'étais perpétuellement fatigué. Je lisais :

« … *Il voit devant lui Les routes désertes,*
Les oiseaux de la mer qui se baignent
Étendant leurs ailes… Il faut que j'habite ici…
… On me contraint à demeurer Sous les feuillages de la forêt,
Sous le chêne, dans cette caverne souterraine. Froide est cette maison de terre ;
J'en suis tout lassé. Obscurs sont les vallons Et hautes les collines,
Triste enceinte de rameaux
Couverte de ronces, –
Séjour sans joie. » [1]

[1] *The Exile's song* — cité et traduit par Taine. *Littérature anglaise.*

Le sentiment d'une plénitude de vie, possible, mais non encore obtenue, se laissait parfois entrevoir, puis revenait encore, de plus en plus obsédante. Ah ! qu'une baie de jour s'ouvre enfin, criais-je, qu'elle éclate au milieu de ces perpétuelles représailles !

Il semblait que tout mon être eût comme un immense besoin de se retremper dans le neuf. J'attendais une seconde puberté. Ah ! refaire à mes yeux une vision neuve, les laver de la salissure des livres, les rendre plus pareils à l'azur qu'ils regardent – aujourd'hui complètement clarifié par les récentes pluies…

Je tombai malade ; je voyageai, je rencontrai Ménalque, et ma convalescence merveilleuse fut une palingénésie. Je renaquis avec un être neuf, sous un ciel neuf et au milieu de choses complètement renouvelées.

III

Nathanaël, je te parlerai des attentes. J'ai vu la plaine, pendant l'été, attendre ; attendre un peu de pluie. La poussière des routes était devenue trop légère et chaque souffle la soulevait. Ce n'était même plus un désir ; c'était une appréhension. La terre se gerçait de sécheresse comme pour plus d'accueil de l'eau. Les parfums des fleurs de la lande devenaient presque intolérables. Sous le soleil tout se pâmait. Nous allions chaque après-midi nous reposer sous la terrasse, abrités un peu de l'extraordinaire éclat du jour. C'était le temps où les arbres à cônes, chargés de pollen, agitent aisément leurs branches pour répandre au loin leur fécondation. Le ciel s'était chargé d'orage et toute la nature attendait. L'instant était d'une solennité trop oppressante, car tous les oiseaux s'étaient tus. Il monta de la terre un souffle si brûlant que l'on sentit tout défaillir ; le pollen des conifères sortit comme une fumée d'or des branches. – Puis il plut.

J'ai vu le ciel frémir de l'attente de l'aube. Une à une les étoiles se fanaient. Les prés étaient inondés de rosée ; l'air n'avait que des caresses glaciales. Il sembla quelque temps que l'indistincte vie voulût s'attarder au sommeil, et ma tête encore lassée s'emplissait de torpeur. Je montai jusqu'à la lisière du bois ; je m'assis ; chaque bête reprit son travail et sa joie dans la certitude que le jour va venir, et le mystère de la vie recommença de s'ébruiter par chaque échancrure des feuilles. – Puis le jour vint.

J'ai vu d'autres aurores encore. – J'ai vu l'attente de la nuit…

Nathanaël, que chaque attente, en toi, ne soit même pas un désir, mais simplement une disposition à l'accueil. Attends tout ce qui vient à toi ; mais ne désire que ce qui vient à toi. Ne désire que ce que tu as. Comprends qu'à chaque instant du jour tu peux posséder Dieu dans sa totalité. Que ton désir soit de l'amour, et que ta possession soit amoureuse. Car qu'est-ce qu'un désir qui n'est pas efficace ?

Eh quoi ! Nathanaël, tu possèdes Dieu et tu ne t'en étais pas aperçu ! Posséder Dieu, c'est le voir ; mais on ne le regarde pas. Au détour d'aucun sentier, Balaam, n'as-tu vu Dieu, devant qui s'arrêtait ton âne ? parce que toi tu te l'imaginais autrement.

Nathanaël, il n'y a que Dieu que l'on ne puisse pas attendre. Attendre Dieu, Nathanaël, c'est ne comprendre pas que tu le possèdes déjà. Ne distingue pas Dieu du bonheur et place tout ton bonheur dans l'instant.

J'ai porté tout mon bien en moi, comme les femmes de l'Orient pâle, sur elles, leur complète fortune. À chaque petit instant de ma vie, j'ai pu sentir en moi la totalité de mon bien. Il était fait, non par l'addition de beaucoup de choses particulières, mais par mon unique adoration. J'ai constamment tenu tout mon bien en tout mon pouvoir.

Regarde le soir comme si le jour y devait mourir ; et le matin comme si toute chose y naissait.
Que ta vision soit à chaque instant nouvelle.
Le sage est celui qui s'étonne de tout.

Toute ta fatigue de tête vient, ô Nathanaël, de la diversité de tes biens. Tu ne sais même pas lequel *entre tous* tu préfères et tu ne comprends pas que l'unique bien c'est la vie. Le plus petit instant de vie est plus fort que la mort, et la nie. La mort n'est que la permission d'autres vies, pour que tout soit sans cesse renouvelé ; afin qu'aucune forme de vie ne détienne *cela* plus de temps qu'il ne lui en faut pour se dire. Heureux l'instant où ta parole retentit. Tout le reste du temps, écoute ; mais quand tu parles, n'écoute plus.

Il faut, Nathanaël, que tu brûles en toi tous les livres.

RONDE POUR ADORER CE QUE J'AI BRÛLÉ

Il y a des livres qu'on lit, assis sur une petite planchette Devant un pupitre d'écolier.

Il y a des livres qu'on lit en marche
(Et c'est aussi à cause de leur format) ;
Tels sont pour les forêts, tels pour d'autres campagnes,
Et nobiscum rusticantut, *dit Cicéron. Il y en a que je lus en diligence ;*
D'autres couché au fond des greniers à foin. Il y en a pour faire croire qu'on a une âme ; D'autres pour la désespérer.
Il y en a où l'on prouve l'existence de Dieu; D'autres où l'on ne peut pas y arriver.
Il y en a que l'on ne saurait admettre Que dans les bibliothèques privées.
Il y en a qui ont reçu les éloges
De beaucoup de critiques autorisés.

Il y en a où il n'est question que d'apiculture Et que certains trouvent un peu spéciaux ;
D'autres où il est tellement question de la nature, Qu'après ce n'est plus la peine de se promener.
Il y en a que méprisent les sages hommes Mais qui excitent tes petits enfants.

Il y en a qu'on appelle des anthologies
Et où l'on a mis tout ce qu'on a dit de mieux sur n'importe quoi.
Il y en a qui voudraient vous faire aimer la vie ; D'autres après lesquels l'auteur s'est suicidé.
Il y en a qui sèment la haine
Et qui récoltent ce qu'ils ont semé.
Il y en a qui, lorsqu'on les lit, semblent luire, Chargés d'extase, délicieux d'humilité.
Il y en a que l'on chérit comme des frères Plus purs et qui ont vécu mieux que nous. Il y en a dans d'extraordinaires écritures
Et qu'on ne comprend pas, même quand on les a beaucoup étudiées.

Nathanaël, quand aurons-nous brûlé tous les livres !

Il y en a qui ne valent pas quatre sous, D'autres qui valent des prix considérables.

Il y en a qui parlent de rois et de reines, Et d'autres, de très pauvres gens.

Il y en a dont les paroles sont plus douces Que le bruit des feuilles à midi.
C'est un livre que mangea Jean à Patmos,

*Comme un rat ; mais moi j'aime mieux les framboises. Ça lui a rempli
d'amertume les entrailles*
 Et après il a eu beaucoup de visions.

Nathanaël ! quand aurons-nous brûlé tous les livres !!

Il ne me suffit pas de *lire* que les sables des plages sont doux ; je
veux que mes pieds nus le sentent… Toute connaissance que n'a pas
précédée une sensation m'est inutile.

Je n'ai jamais rien vu de doucement beau dans ce monde, sans dé-
sirer aussitôt que toute ma tendresse le touche. Amoureuse beauté de
la terre, l'effloraison de ta surface est merveilleuse. Ô paysage où mon
désir s'est enfoncé ! Pays ouvert où ma recherche se promène ; allée de
papyrus qui se referme sur de l'eau ; roseaux courbés sur la rivière ;
ouvertures des clairières ; apparition de la plaine dans l'embrasure des
branchages, de la promesse illimitée. Je me suis promené dans les cou-
loirs de roches ou de plantes. J'ai vu se dérouler des printemps.

VOLUBILITÉ DES PHÉNOMÈNES

Dès ce jour, chaque instant de ma vie prit pour moi la saveur de
nouveauté d'un don absolument ineffable. Ainsi je vécus dans une
presque perpétuelle stupéfaction passionnée. J'arrivais très vite à
l'ivresse et me plaisais à marcher dans une sorte d'étourdissement.

Certes, tout ce que j'ai rencontré de rire sur les lèvres, j'ai voulu
l'embrasser ; de sang sur les joues, de larmes dans les yeux, j'ai voulu le
boire ; mordre à la pulpe de tous les fruits que vers moi penchèrent des
branches. À chaque auberge me saluait une faim ; devant chaque source
m'attendait une soif – une soif, devant chacune, particulière ; – et j'au-
rais voulu d'autres mots pour marquer mes autres désirs de marche, où
s'ouvrait une route ; de repos, où l'ombre invitait ; de nage, au bord des
eaux profondes ; d'amour ou de sommeil au bord de chaque lit.

J'ai porté hardiment ma main sur chaque chose et me suis cru des
droits sur chaque objet de mes désirs. (Et d'ailleurs, ce que nous sou-
haitons, Nathanaël, ce n'est point tant la possession que l'amour.)
Devant moi, ah ! que toute chose s'irise ; que toute beauté se revête et
se diapre de mon amour.

LIVRE DEUXIÈME

Nourritures !

Je m'attends à vous, nourritures !
Ma faim ne se posera pas à mi-route ; Elle ne se taira que satisfaite ;
Des morales n'en sauraient venir à bout
Et de privations je n'ai jamais pu nourrir que mon âme.

Satisfactions ! je vous cherche.
Vous êtes belles comme les aurores d'été.

Sources plus délicates au soir, délicieuses à midi ; eaux du petit matin glacées ; souffles au bord des flots ; golfes encombrés de mâtures ; tiédeur des rives cadencées…
Oh ! S'il est encore des routes vers la plaine ; les touffeurs de midi ; les breuvages des champs, et pour la nuit le creux des meules ;
s'il est des routes vers l'Orient ; des sillages sur les mers aimées ; des jardins à Mossoul ; des danses à Touggourt ; des chants de pâtre en Helvétie ;
s'il est des routes vers le Nord ; des foires à Nijni ; des traîneaux soulevant la neige ; des lacs gelés ; certes, Nathanaël, ne s'ennuieront pas nos désirs.
Des bateaux sont venus dans nos ports apporter les fruits mûrs de plages ignorées. Déchargez-les de leur faix un peu vite, que nous puissions enfin y goûter.

Nourritures !

Je m'attends à vous, nourritures ! Satisfactions, je vous cherche ;
Vous êtes belles comme les rires de l'été. Je sais que je n'ai pas un désir
Qui n'ait déjà sa réponse apprêtée.
Chacune de mes faims attend sa récompense. Nourritures !
Je m'attends à vous, nourritures ! Par tout l'espace je vous cherche, Satisfactions de tous mes désirs.

*

Ce que j'ai connu de plus beau sur la terre, Ah ! Nathanaël ! c'est ma faim.

Elle a toujours été fidèle
À tout ce qui toujours l'attendait.
Est-ce de vin que se grise le rossignol ?
L'aigle, de lait ? ou non point de genièvre les grives ?
L'aigle se grise de son vol. Le rossignol s'enivre des nuits d'été. La plaine tremble de chaleur. Nathanaël, que toute émotion sache te devenir une ivresse. Si ce que tu manges ne te grise pas, c'est que tu n'avais pas assez faim.

Chaque action parfaite s'accompagne de volupté. À cela tu connais que tu devais la faire. Je n'aime point ceux qui se font un mérite d'avoir péniblement œuvré. Car si c'était pénible, ils auraient mieux fait de faire autre chose. La joie que l'on y trouve est signe de l'appropriation du travail et la sincérité de mon plaisir, Nathanaël, m'est le plus important des guides.

Je sais ce que mon corps peut désirer de volupté chaque jour et ce que ma tête en supporte. Et puis commencera mon sommeil. Terre et ciel ne me valent plus rien au-delà.

*

Il y a des maladies extravagantes
Qui consistent à vouloir ce que l'on n'a pas.
— Nous aussi, dirent-ils, nous aussi, nous aurons connu le lamentable ennui de notre âme ! De la caverne d'Adullam, tu soupirais, David, après l'eau des citernes. Tu disais : – Oh ! qui m'apportera l'eau fraîche qui jaillit du pied des murs de Bethléem. Enfant, je m'y désaltérais ; mais maintenant elle est captive, cette eau que ma fièvre désire.

Ne désire jamais, Nathanaël, regoûter les eaux du passé. Nathanaël, ne cherche pas, dans l'avenir, à retrouver jamais le passé. Saisis de chaque instant la nouveauté irressemblable et ne prépare pas tes joies, ou sache qu'en son lieu préparé te surprendra une joie *autre*.

Que n'as-tu donc compris que tout bonheur est de rencontre et se présente à toi dans chaque instant comme un mendiant sur ta route. Malheur à toi si tu dis que ton bonheur est mort parce que tu n'avais pas rêvé pareil à *cela* ton bonheur – et que tu ne l'admets que conforme à tes principes et à tes vœux.

Le rêve de demain est une joie, mais la joie de demain en est une autre, et rien heureusement ne ressemble au rêve qu'on s'en était fait ; car c'est *différemment* que vaut chaque chose.

Je n'aime pas que vous me disiez : viens, je t'ai préparé telle joie ; je n'aime plus que les joies de rencontre, et celles que ma voix fait jaillir du rocher ; elles couleront ainsi pour nous, neuves et fortes, comme les vins nouveaux abondent du pressoir.

Je n'aime pas que ma joie soit parée, ni que la Sulamite ait passé par des salles ; pour l'embrasser je n'ai pas essuyé de ma bouche les taches que les grappes avaient laissées ; après les baisers, j'ai bu du vin doux sans avoir rafraîchi ma bouche ; et j'ai mangé du miel de ruche avec sa cire.

Nathanaël, n'apprête aucune de tes joies.

<p style="text-align:center">*</p>

Où tu ne peux pas dire : *tant mieux*, dis : *tant pis*. Il y a là de grandes promesses de bonheur.

Il y en a qui regardent les instants de bonheur comme donnés par Dieu – et les autres comme donnés par Qui d'autre ?… Nathanaël, ne distingue pas Dieu de ton bonheur.

« Je ne peux pas plus être reconnaissant à "Dieu" de m'avoir créé que je ne pourrais lui en vouloir de ne pas être, – si je n'étais pas. »

Nathanaël, il ne faut parler de Dieu que naturellement.

Je veux bien que, l'existence une fois admise, celle de la terre et de l'homme et de moi paraisse naturelle, mais ce qui confond mon intelligence, c'est la stupeur de m'en apercevoir.

Certes j'ai chanté moi aussi des cantiques et j'ai écrit la

<p style="text-align:center">RONDE DES BELLES PREUVES
DE L'EXISTENCE DE DIEU</p>

Nathanaël, je t'enseignerai que les plus beaux mouvements poétiques sont ceux sur les mille et une preuves de l'existence de Dieu. Tu comprends, n'est-ce pas, qu'il ne s'agit pas ici de les redire, ni surtout de les redire simplement ; – et puis il y en a qui ne prouvent que l'existence – et ce qu'il nous faut c'est aussi sa permanéité.

Je sais bien, ah ! oui, qu'il y a l'argument de saint Anselme,
Et l'apologue des parfaites îles Fortunées,
Mais hélas ! hélas, Nathanaël, tout le monde ne peut pas y habiter.

Je sais qu'il y a l'assentiment du plus grand nombre, Mais tu crois, toi, au petit nombre des élus.

Il y a bien la preuve par deux et deux font quatre,
Mais, Nathanaël, tout le monde ne sait pas bien calculer.

Il y a la preuve du premier moteur,
Mais il y a celui qui était encore avant celui-là. Nathanaël, c'est fâcheux que nous n'ayons pas été là. On aurait vu créer l'homme et la femme ;
Eux s'étonner de n'être pas nés petits-enfants ;
Les cèdres de l'Elbrouz fatigués d'être nés déjà séculaires Et sur des monts déjà ravinés par les eaux.
Nathanaël ! avoir été là pour l'aurore ! Par quelle paresse n'étions-nous pas déjà levés ? Est-ce que toi tu ne demandais pas à vivre ? Ah ! moi je le demandais certainement… Mais, dans ce temps, l'esprit de Dieu s'éveillait à peine, après avoir dormi hors du temps, sur les eaux. Si j'eusse été là, Nathanaël, je lui eusse demandé de faire tout un peu plus vaste ; et ne me réponds pas, toi, qu'alors rien ne s'en serait aperçu[2].

Il y a la preuve par les causes finales.
Mais tous ne trouvent pas que la fin justifie les moyens.

Il y en a qui prouvent Dieu par l'amour que l'on sent pour Lui. Voilà pourquoi, Nathanaël, j'ai nommé Dieu tout ce que j'aime, et pourquoi j'ai voulu tout aimer. Ne crains pas que je t'énumère ; d'ailleurs je ne commencerais pas par toi ; j'ai préféré bien des choses aux hommes et ce ne seront pas eux que j'ai surtout aimés sur la terre. Car ne t'y méprends pas, Nathanaël : ce que j'ai de plus fort en moi, ce n'est certes pas la bonté, ni je crois non plus de meilleur ; et ce n'est pas non plus la bonté que j'estime surtout chez les hommes. Nathanaël, préfère-leur ton Dieu. Moi aussi j'ai su louer Dieu, j'ai chanté pour Lui des cantiques, – et je crois même, ce faisant, l'avoir parfois un peu surfait.

— Cela t'amuse-t-il tant, me dit-il, d'édifier ainsi des systèmes ?

— Rien ne m'amuse plus qu'une éthique, répondis-je, et je m'y contente l'esprit. Je ne goûte pas une joie que je ne l'y veuille attachée.

[2] — Je peux parfaitement concevoir un autre monde, dit Alcide, où deux et deux ne feraient point quatre.

— Parbleu, je vous en défie bien, dit Ménalque.

— Cela l'augmente-t-il ?

— Non, dis-je, cela me la légitime. »

Certes, il m'a plu souvent qu'une doctrine et même qu'un système complet de pensées ordonnées justifiât à moi-même mes actes ; mais parfois je ne l'ai plus pu considérer que comme l'abri de ma sensualité.

*

Toute chose vient en son temps, Nathanaël ; chacune naît de son besoin, et n'est pour ainsi dire qu'un besoin extériorisé.

J'avais besoin d'un poumon, m'a dit l'arbre : alors ma sève est devenue feuille, afin d'y pouvoir respirer. Puis quand j'eus respiré, ma feuille est tombée, et je n'en suis pas mort. Mon fruit contient toute ma pensée sur la vie.

Nathanaël, ne crains pas que j'abuse de cette forme d'apologue, car je ne l'approuve pas beaucoup. Je ne veux t'enseigner d'autre sagesse que la vie. Car c'est un grand souci que de penser. Je me suis fatigué, quand j'étais jeune, à suivre au loin les suites de mes actes et je n'étais sûr de ne plus pécher qu'à force de ne plus agir.

Puis j'écrivis : je ne dus le salut de ma chair qu'à l'irrémédiable empoisonnement de mon âme. Puis je ne compris plus du tout ce que j'avais voulu dire par là.

Nathanaël, je ne crois plus au péché.

Mais tu comprendras que ce n'est qu'avec beaucoup de joie qu'un peu de droit à la pensée s'achète. L'homme qui se dit heureux et qui pense, celui-là sera appelé vraiment fort.

Nathanaël, le malheur de chacun vient de ce que c'est toujours chacun qui regarde et qu'il subordonne à lui ce qu'il voit.

Ce n'est pas pour nous, c'est pour elle que chaque chose est importante. Que ton œil soit la chose regardée.

Nathanaël ! je ne peux plus commencer un seul vers, sans que ton nom délicieux y revienne.

Nathanaël, je voudrais te faire naître à la vie.

Nathanaël, est-ce que tu comprends assez le pathétique de mes paroles ? Je voudrais m'approcher de toi plus encore.

Et comme, pour le ressusciter, Élisée, sur le fils de la Sulamite – « la bouche sur sa bouche, et les yeux sur ses yeux, et les mains sur ses

mains, s'étendit » – mon grand cœur rayonnant contre ton âme encore ténébreuse, m'étendre sur toi tout entier, ma bouche sur ta bouche, et mon front sur ton front, tes mains froides dans mes mains brûlantes, et mon cœur palpitant… (« Et la chair de l'enfant se réchauffa », est-il écrit…) afin que dans la volupté tu t'éveilles – *puis me laisses* – pour une vie palpitante et déréglée.

Nathanaël, voici toute la chaleur de mon âme –emporte-la. Nathanaël, je veux t'apprendre la ferveur.

Nathanaël, car ne demeure pas auprès de ce qui te ressemble ; ne *demeure* jamais, Nathanaël. Dès qu'un environ a pris ta ressemblance, ou que toi tu t'es fait semblable à l'environ, il n'est plus pour toi profitable. Il te faut le quitter. Rien n'est plus dangereux pour toi que *ta* famille, que *ta* chambre, que *ton* passé. Ne prends de chaque chose que l'éducation qu'elle t'apporte ; et que la volupté qui en ruisselle la tarisse.

Nathanaël, je te parlerai des *instants*. As-tu compris de quelle force est leur *présence ?* Une pas assez constante pensée de la mort n'a donné pas assez de prix au plus petit instant de ta vie. Et ne comprends-tu pas que chaque instant ne prendrait pas cet éclat admirable, sinon détaché pour ainsi dire sur le fond très obscur de la mort ?

Je ne chercherais plus à rien faire, s'il m'était dit, s'il m'était prouvé, que j'ai tout le temps pour le faire. Je me reposerais d'abord d'avoir voulu commencer quelque chose, ayant le temps de faire *aussi* toutes les autres. Ce que je ferais ne serait jamais que n'importe quoi, si je ne savais que cette forme de vie doit finir – et que je m'en reposerai, l'ayant vécue, dans un sommeil un peu plus profond, un peu plus oublieux que celui que j'attends de chaque nuit…

*

Et je pris ainsi l'habitude de *séparer* chaque instant de ma vie, pour une totalité de joie, isolée ; pour y concentrer subitement toute une particularité de bonheur ; de sorte que je ne me reconnaissais plus dès le plus récent souvenir.

*

Il y a un grand plaisir, Nathanaël, à déjà tout simplement affirmer : Le fruit du palmier s'appelle datte, et c'est un mets délicieux.

Le vin du palmier s'appelle lagmy ; c'en est la sève fermentée ; les Arabes s'en grisent et je ne l'aime pas beaucoup. C'est une coupe de lagmy que m'offrit ce berger kabyle dans les beaux jardins de Ouardi.

*

J'ai trouvé ce matin, dans une allée des *Sources,* m'y promenant, un champignon étrange.

C'était, enveloppé d'une gaine blanche, comme un fruit de magnolia rouge orange, avec de réguliers dessins gris de cendre qu'on comprenait formés de poussière sporagineuse, issue de l'intérieur. Je l'ouvris ; il était plein d'une matière boueuse, au centre formant gelée claire ; il en sortait une nauséabonde odeur.

Autour de lui, d'autres champignons plus ouverts n'étaient plus que comme ces fongosités aplaties qu'on voit sur le tronc des vieux arbres.

(J'écrivais cela avant de partir pour Tunis ; et je te le copie ici pour te montrer quelle importance prenait pour moi chaque chose, aussitôt que je la regardais.)

Honfleur (dans la rue).

Et par moments il me semblait que les autres, autour de moi, ne s'agitaient que pour augmenter en moi le sentiment de ma vie personnelle.

Hier j'étais ici, aujourd'hui je suis là ; Mon Dieu ! que me font tous ceux-là
Qui disent, qui disent, qui disent :
Hier j'étais ici, aujourd'hui je suis là…

Je sais des jours où me répéter que deux et deux faisaient encore quatre suffisait à m'emplir d'une *certaine* béatitude – et la seule vue de *mon* poing sur la table… et d'autres jours où cela m'était complètement égal.

LIVRE TROISIÈME

Villa Borghèse.

Dans cette vasque… (pénombre)… chaque goutte, chaque rayon, chaque être, s'y mourait avec volupté.

Volupté ! Ce mot, je voudrais le redire sans cesse ; je le voudrais synonyme de *bien-être,* et même qu'il suffit de dire *être,* simplement.

Ah ! que Dieu n'ait pas créé le monde en vue simplement de cela, c'est ce qu'on ne parvient à comprendre qu'en se disant… etc.

C'est un lieu de fraîcheur exquise, où le charme de dormir est si grand qu'il semblait jusqu'alors inconnu.

Et là, des nourritures délicieuses attendaient que nous en eussions faim.

Adriatique (3 h du matin).

Le chant de ces marins dans les cordages m'importune.

Oh ! si tu savais, si tu savais, terre excessivement vieille et si jeune, le goût amer et doux, le goût délicieux qu'a la vie si brève de l'homme !

Si tu savais, éternelle idée de l'apparence, ce que la proche attente de la mort donne de valeur à l'instant !

Ô printemps ! les plantes qui ne vivent qu'un an ont leurs fragiles fleurs plus pressées. L'homme n'a qu'un printemps dans la vie et le souvenir d'une joie n'est pas une nouvelle approche du bonheur.

Colline de Fiesole.

Belle Florence, ville d'étude grave, de luxe et de fleurs ; surtout sérieuse ; grain de myrte et couronne de « svelte laurier ».

Colline de Vincigliata. Là j'ai vu pour la première fois les nuages, dans l'azur, se dissoudre ; je m'en étonnai beaucoup ne pensant pas qu'ils pussent ainsi se résorber dans le ciel, croyant qu'ils duraient jusqu'à la pluie et ne pouvaient que s'épaissir. Mais non : j'en observais tous les flocons un à un disparaître ; – il ne restait plus que de l'azur. C'était une mort merveilleuse ; un évanouissement en plein ciel.

Rome, Monte Pincio.

Ce qui fit ma joie ce jour-là, c'est quelque chose comme l'amour – et ce n'est pas l'amour – ou du moins pas celui dont parlent et que

cherchent les hommes. – Et ce n'est pas non plus le sentiment de la beauté. Il ne venait pas d'une femme ; il ne venait pas non plus de ma pensée. Écrirai-je, et me comprendras-tu si je dis que ce n'était là que la simple exaltation de la LUMIERE ?

J'étais assis dans ce jardin ; je ne voyais pas le soleil ; mais l'air brillait de lumière diffuse comme si l'azur du ciel devenait liquide et pleuvait. Oui vraiment, il y avait des ondes, des remous de lumière ; sur la mousse des étincelles comme des gouttes ; oui vraiment, dans cette grande allée on eût dit qu'il coulait de la lumière, et des écumes dorées restaient au bout des branches parmi ce ruissellement de rayons.

Naples ; petite boutique du coiffeur devant la mer et le soleil. Quais de chaleur ; stores qu'on soulève pour entrer. On s'abandonne. Est-ce que cela va durer longtemps ? Quiétude. Gouttes de sueur aux tempes. Frisson de la mousse de savon sur les joues. Et lui qui raffine après qu'il a rasé, rase encore avec un rasoir plus habile et s'aidant à présent d'une petite éponge imbibée d'eau tiède, qui amollit la peau, relève la lèvre. Puis, avec une douce eau parfumée, il lave la brûlure laissée ; puis, avec un onguent, calme encore. Et pour ne bouger pas encore, je me fais couper les cheveux.

Amalfi (dans la nuit).

Il y a des attentes nocturnes d'on ne sait encor quel amour.

Petite chambre au-dessus de la mer ; m'a réveillé la trop grande clarté de la lune, de la lune au-dessus de la mer.

Quand je m'approchai de la fenêtre, je croyais que c'était l'aube et que j'allais voir se lever le soleil... Mais non... (chose déjà pleine et parfaitement accomplie) – LA LUNE – douce, douce, douce comme pour l'accueil d'Hélène au second Faust. Mer déserte. Village mort. Un chien hurle dans la nuit... Loques à des fenêtres.

Pas de place pour l'homme. Ne plus comprendre comment tout cela va se réveiller. Désolation excessive du chien. Le jour n'aura plus lieu. Impossibilité de dormir. Est-ce que tu feras... (ceci ou cela) :

sortiras-tu dans le jardin désert ? descendras-tu vers la plage, t'y laver ?

iras-tu cueillir des oranges, qui semblent grises sous la lune ?

d'une caresse, consoleras-tu le chien ?

(Tant de fois j'ai senti la nature réclamer de moi un geste, et je n'ai pas su lequel lui donner.)

Attendre le sommeil qui ne va pas venir…

Un enfant m'a suivi dans ce jardin entouré de murs, s'accrochant à la branche qui frôlait l'escalier. L'escalier menait à des terrasses longeant ce jardin ; l'on n'y paraissait pas pouvoir entrer.

Ô petite figure que j'ai caressée sous les feuilles ! jamais assez d'ombre n'aura pu voiler ton éclat, et l'ombre des boucles sur ton front paraît toujours encore plus sombre.

Je descendrai dans ce jardin, me pendant aux lianes et aux branches, et sangloterai de tendresse sous ces bosquets plus pleins de chants qu'une volière – jusqu'à l'approche du soir, jusqu'à l'annonce de la nuit qui dorera, puis approfondira l'eau mystérieuse des fontaines.

Et les corps délicats épousés sous les branches. J'ai touché d'un doigt délicat sa peau nacrée.

Je voyais ses pieds délicats qui posaient sans bruit sur le sable.

Syracuse.

Barque à fond plat ; ciel bas, qui parfois descendait jusqu'à nous en pluie tiède ; odeur de vase des plantes d'eau, froissement des tiges.

La profondeur de l'eau dissimule l'abondant jaillissement de cette source bleue. Aucun bruit ; c'est, dans cette campagne solitaire, dans cette naturelle vasque évasée, comme une éclosion d'eau entre les papyrus.

Tunis.

Dans tout l'azur, rien que ce qu'il fallait de blanc pour une voile, de vert pour son ombre dans l'eau.

La nuit. Bagues qui luisent dans l'ombre.

Clartés de la lune, où l'on erre. Pensées différentes de celles du jour.

Néfaste clarté de la lune au désert. Les démons rôdeurs des cimetières. Les pieds nus sur les dalles bleues.

Extraordinaire ivresse des crépuscules d'été sur les places, quand il fait encore très clair et que pourtant on n'a plus d'ombres. Exaltation très spéciale.

Nathanaël, je te raconterai les plus beaux jardins que j'ai vus.

À Florence, on vendait des roses : certains jours la ville tout entière embaumait. Je me promenais chaque soir aux Cascines et le dimanche aux jardins Boboli sans fleurs.

À Séville, il y a, près de la Giralda, une ancienne cour de mosquée ; des orangers y poussent par places, symétriques ; le reste de la cour est dallé ; les jours de grand soleil, on n'y a qu'une petite ombre restreinte ; c'est une cour carrée, entourée de murs ; elle est d'une grande beauté ; je ne sais pas t'expliquer pourquoi.

Hors de la ville, dans un énorme jardin clos de grilles, croissent beaucoup d'arbres des pays chauds ; je n'y suis pas entré, mais, à travers les grilles, j'ai regardé ; j'ai vu courir des pintades et j'ai pensé qu'il y avait là beaucoup d'animaux apprivoisés.

Que te dirais-je de l'Alcazar ? jardin semblant de merveille persane ; je crois, en t'en parlant, que je le préfère à tous les autres. J'y pense, en relisant Hafiz :

Apportez-moi du vin Que je tache ma robe, Car je chancelle d'amour
Et l'on m'appelle sage.

Des jeux d'eaux sont préparés dans les allées ; les allées sont dallées de marbre, bordées de myrtes et de cyprès. Des deux côtés sont des bassins de marbre, où les amantes du roi se lavaient. On n'y voit d'autres fleurs que des roses, des narcisses et des fleurs de laurier. Au fond du jardin, il y a un arbre gigantesque, où l'on se figure un bulbul épinglé. Près du palais, d'autres bassins de très mauvais goût rappellent ceux des cours de la Résidence à Munich, où il y a des statues faites tout en coquilles.

C'est dans les jardins royaux de Munich que j'allai, un printemps, goûter les glaces à l'herbe de mai, près d'une obstinée musique militaire ! Un public inélégant, mais mélomane. Le soir s'enchantait de pathétiques rossignols. Leur chant m'alanguissait, comme celui d'une poésie allemande. Il est une certaine intensité de délices que l'homme peut à peine dépasser

et non sans larmes. Les délices mêmes de ces jardins me faisaient presque douloureusement songer que j'aurais aussi bien pu être ailleurs. C'est pendant cet été que j'appris à jouir plus particulièrement des *températures*. Les paupières sont admirablement aptes à cela. Je me souviens d'une nuit en wagon, que je passai devant la fenêtre ouverte, uniquement occupé à goûter l'attouchement du souffle plus frais ; je fermais les yeux, non pour dormir, mais pour *cela*. La chaleur avait été, durant tout le jour, étouffante et, ce soir, l'air encore tiède pourtant paraissait frais et liquide à mes paupières enflammées.

À Grenade, les terrasses du Généraliffe, plantées de lauriers-roses, n'étaient pas fleuries lorsque je les vis ; ni le Campo Santo de Pise ; ni le petit cloître de Saint-Marc, que j'aurais souhaité plein de roses. Mais à Rome, le Monte Pincio, je l'ai vu dans la plus belle saison. Durant les après-midis accablants, on y venait chercher de la fraîcheur. Demeurant auprès, je m'y promenais chaque jour. J'étais malade et ne pouvais penser à rien ; la nature me pénétrait ; aidé par un trouble des nerfs, je ne sentais parfois plus à mon corps de limites ; il se continuait plus loin ; ou parfois, voluptueusement, devenait poreux comme un sucre ; je fondais. Du banc de pierre où j'étais assis, l'on cessait de voir Rome qui m'exténuait ; on dominait les jardins Borghèse, dont le contrebas mettait au niveau de mes pas les cimes un peu lointaines des plus hauts pins. Ô terrasses ! Terrasses, d'où l'espace s'est élancé. Ô navigation aérienne ! …

J'aurais voulu, la nuit, rôder dans les jardins Farnèse ; mais on n'y laisse pas pénétrer. Admirable végétation sur ces ruines dissimulées.

À Naples, il y a des jardins bas qui suivent la mer comme un quai et laissent entrer le soleil ;

à Nîmes, la Fontaine, pleine d'eaux claires canalisées ;

à Montpellier, le jardin botanique. Je me souviens qu'avec Ambroise, un soir, comme aux jardins d'Académus, nous nous assîmes sur une tombe ancienne, qui y est tout entourée de cyprès ; et nous causions lentement en mâchant des pétales de roses. Nous avons, une nuit, vu, du Peyrou, la mer lointaine et que la lune argentait ; auprès de nous s'ébruitaient les cascades du château d'eau de la ville ; des cygnes noirs frangés de blanc nageaient sur le bassin tranquille.

À Malte, dans les jardins du résident, je vins lire ; il y avait à Cita Vecchia un bois très petit de citronniers ; on l'appelait « il Boschetto » ; nous nous y plûmes ; et nous mordîmes des citrons mûrs, dont la saveur première est d'une acidité intolérable, mais qui laisse après dans la bouche

un arôme rafraîchissant. Nous en avons mordu aussi, à Syracuse, dans les cruelles Latomies.

Dans le parc de La Haye circulent des daims point trop sauvages.

Du jardin d'Avranches, on voit le Mont Saint-Michel, et les sables lointains, au soir, semblent une matière embrasée. Il y a de très petites villes qui ont des jardins charmants ; on oublie la ville ; on oublie son nom ; on souhaite revoir le jardin, mais on ne sait plus y revenir.

Je rêve aux jardins de Mossoul ; on m'a dit qu'ils sont pleins de roses. Ceux de Nashpur, Omar les a chantés, et Hafiz les jardins de Shiraz ; nous ne verrons jamais les jardins de Nashpur.

Mais à Biskra je connais les jardins de Ouardi. Des enfants y gardent les chèvres.

À Tunis, il n'y a pas d'autre jardin que le cimetière. À Alger, au jardin d'Essai (des palmiers de toute espèce), j'ai mangé des fruits que je n'avais auparavant jamais vus. Et de Blidah ! Nathanaël, que te dirai-je ?

Ah ! douce est l'herbe du Sahel ; et tes fleurs d'orangers ! et tes ombres ! suaves les odeurs de tes jardins. Blidah ! Blidah ! petite rose ! au début de l'hiver, je t'avais méconnue. Ton bois sacré n'avait de feuilles que celles qu'un printemps ne renouvelle pas ; et tes glycines et tes lianes semblaient des sarments pour la flamme. La neige descendue des montagnes t'approchait ; je ne pouvais me réchauffer dans ma chambre, et moins encore dans tes jardins pluvieux. Je lisais la *Doctrine de la Science* de Fichte et me sentais redevenir religieux. J'étais doux ; je disais qu'il faut se résigner à sa tristesse et je tâchais à faire de tout cela de la vertu. Maintenant, j'ai secoué là-dessus la poussière de mes sandales ; qui sait où le vent l'a portée ? Poussière du désert où j'ai rôdé comme un prophète ; pierre trop aride effritée ; à mes pieds elle fut brûlante (car le soleil l'avait énormément chauffée). Dans l'herbe du Sahel, à présent, que mes pieds se reposent ! Que toutes nos paroles soient d'amour !

Blidah ! Blidah ! fleur du Sahel ! petite rose ! Je t'ai vue tiède et parfumée, pleine de feuilles et de fleurs. La neige de l'hiver avait fui. Dans ton jardin sacré luisait mystiquement ta mosquée blanche et la liane ployait sous les fleurs. Un olivier disparaissait sous les guirlandes qu'une glycine lui faisait. L'air suave apportait le parfum qui s'élevait des fleurs d'orangers et même des mandariniers grêles embaumaient. Du plus haut de leurs hautes branches, les eucalyptus délivrés laissaient tomber leur vieille écorce ; elle pendait, protection usée, comme un habit que le soleil rend inutile, comme ma vieille morale qui ne valait que pour l'hiver.

Les tiges énormes du fenouil (l'éclat de leur floraison d'or verdi, sous la lumière d'or ou sous les feuilles azurées des eucalyptus immobiles) ce matin de premier été, sur la route que nous suivions dans le Sahel, elles étaient d'une splendeur incomparable.

Et les eucalyptus étonnés ou tranquilles.

Participation de chaque chose à la nature ; impossibilité d'en sortir. Lois physiques enveloppantes. Wagon s'élançant dans la nuit ; au matin il se couvre de rosée.

À bord.

Que de nuits, ah ! vitre ronde de ma cabine, hublot fermé – que de nuits j'ai regardé vers toi, de ma couchette, en me disant : Voici, quand cet œil blanchira, ce sera l'aube ; alors je me lèverai et je secouerai mon malaise ; et l'aube lavera la mer ; et nous aborderons à la terre inconnue. L'aube est venue sans que la mer en soit calmée, la terre était encore lointaine et sur la face mobile des eaux chancelait ma pensée.

Le malaise des flots dont toute la chair se souvient. Accrocherai-je une pensée à cette hune vacillante ? pensai-je. Lames, ne verrai-je que l'eau s'éparpiller au vent du soir ? Je sème mon amour sur la vague ; ma pensée sur la stérile plaine, des flots. Mon amour plonge dans les flots qui se suivent et se ressemblent. Ils passent et l'œil ne les reconnaît plus. – Mer informe et toujours agitée ; loin des hommes, tes flots se taisent ; rien ne s'oppose à leur fluidité ; mais nul ne peut entendre leur silence ; sur la plus frêle chaloupe, déjà se heurtent-ils, et leur bruit nous fait croire que la tempête est bruyante. Les grandes vagues avancent et se succèdent sans aucun bruit. Elles se suivent, et chacune soulève à son tour la même goutte d'eau, sans presque la déplacer. Seule leur forme se promène ; l'eau se prête, et les quitte, et ne les accompagne jamais. Toute forme ne prend que pour bien peu d'instants le même être ; à travers chacun, elle continue, puis le laisse. Mon âme ! ne t'attache à aucune pensée. Jette chaque pensée au vent du large qui te l'enlève ; tu ne la porteras jamais toi-même jusqu'aux cieux.

Mobilité des flots, c'est vous qui fîtes si chancelante ma pensée ! Tu ne bâtiras rien sur la vague. Elle s'échappe sous chaque poids.

Le doux port viendra-t-il, après ces décourageantes dérives, ces errements de-ci, de-là ? où mon âme enfin reposée, sur une solide jetée près du phare tournant, regardera la mer.

LIVRE QUATRIÈME

I

Dans un jardin
— sur la colline de Florence (celle qui fait face à Fiesole) —
où nous étions ce soir assemblés :

Mais vous ne savez pas, vous ne pouvez savoir, Angaire, Ydier, Tityre, dit Ménalque (et je te le redis à présent en mon nom, Nathanaël), la passion qui brûla ma jeunesse. J'enrageais de la fuite des heures. La nécessité de l'option me fut toujours intolérable ; choisir m'apparaissait non tant élire, que repousser ce que je n'élisais pas. Je comprenais épouvantablement l'étroitesse des heures, et que le temps n'a qu'une dimension ; c'était une ligne que j'eusse souhaitée spacieuse, et mes désirs en y courant empiétaient nécessairement l'un sur l'autre. Je ne faisais jamais que *ceci* ou que *cela*. Si je faisais ceci, cela m'en devenait aussitôt regrettable, et je restais souvent sans plus oser rien faire, éperdument et comme les bras toujours ouverts, de peur, si je les refermais pour la prise, de n'avoir saisi *qu'une* chose. L'erreur de ma vie fut dès lors de ne continuer longtemps aucune étude, pour n'avoir su prendre mon parti de renoncer à beaucoup d'autres. N'importe quoi s'achetait trop cher à ce prix-là, et les raisonnements ne pouvaient venir à bout de ma détresse. Entrer dans un marché de délices, en ne disposant (grâce à Qui ?) que d'une somme trop minime. En disposer ! choisir, c'était renoncer pour toujours, pour jamais, à tout le reste et la quantité nombreuse de ce *reste* demeurait préférable à n'importe quelle unité.

De là me vint d'ailleurs un peu de cette aversion pour n'importe quelle *possession* sur la terre ; la peur de n'aussitôt plus posséder que cela.

Marchandises ! provisions ! tas de trouvailles ! que ne vous donnez-vous sans conteste ? Et je sais que les biens de la terre s'épuisent (encore qu'ils soient inépuisablement remplaçables) et que la coupe que j'ai vidée reste vide pour toi, mon frère (bien que la source soit voisine). Mais vous ! vous, immatérielles idées ! formes de vie non détenues, sciences, et connaissance de Dieu, coupes de vérité, coupes intarissables, pourquoi marchander votre ruissellement à nos lèvres ? quand toute notre soif ne suffirait à vous tarir et que votre eau déborderait toujours fraîche pour chaque nouvelle lèvre tendue. — J'ai compris maintenant que toutes les gouttes de cette grande source divine s'équivalent ; que la moindre suffit à notre ivresse et nous révèle la plénitude et la totalité de Dieu. Mais, en ce temps, que n'eût point souhaité ma

folie ? J'enviais toute forme de vie ; tout ce que je voyais *faire* par quelque autre, j'eusse aimé le faire moi-même ; non l'avoir fait, le faire – entendez-moi – car je ne craignais que très peu la fatigue, la souffrance, et les croyais instruites de la vie. Je fus jaloux de Parménide trois semaines parce qu'il apprenait le turc ; deux mois plus tard de Théodose qui découvrait l'astronomie. Ainsi ne traçai-je de moi que la plus vague et la plus incertaine figure, à force de ne la vouloir point limiter.

— Raconte-nous ta vie, Ménalque, dit Alcide,

et Ménalque reprit :

… À dix-huit ans, quand j'eus fini mes premières études, l'esprit las de travail, le cœur inoccupé, languissant de l'être, le corps exaspéré par la contrainte, je partis sur les routes, sans but, usant ma fièvre vagabonde. Je connus tout ce que vous savez : le printemps, l'odeur de la terre, la floraison des herbes dans les champs, les brumes du matin sur la rivière, et la vapeur du soir sur les prairies. Je traversai des villes, et ne voulus m'arrêter nulle part. Heureux, pensais-je, qui ne s'attache à rien sur la terre et promène une éternelle ferveur à travers les constantes mobilités. Je haïssais les foyers, les familles, tous lieux où l'homme pense trouver un repos ; et les affections continues, et les fidélités amoureuses, et les attachements aux idées – tout ce qui compromet la justice ; je disais que chaque nouveauté doit nous trouver toujours tout entiers disponibles.

Des livres m'avaient montré chaque liberté provisoire et qu'elle n'est jamais que de choisir son esclavage, ou du moins sa dévotion, comme la graine des chardons vole et rôde, cherchant le sol fécond où fixer des racines, – et qu'elle ne fleurit qu'immobile. Mais ayant appris dans les classes que les raisonnements ne mènent pas les hommes et qu'à chacun s'en peut opposer un adverse qu'il ne s'agit que de trouver, je m'occupais à le chercher, parfois, dans le milieu des longues routes.

Je vivais dans la perpétuelle attente, délicieuse, de n'importe quel avenir. Je m'appris, comme des questions devant les attendantes réponses, à ce que la soif d'en jouir, née devant chaque volupté, en précédât d'aussitôt la jouissance. Mon bonheur venait de ce que chaque source me révélait une soif, et que, dans le désert sans eau, où la soif est inapaisable, j'y préférais encore la ferveur de ma fièvre sous l'exaltation du soleil. Il y avait, au soir, des oasis merveilleuses, plus fraîches encore d'avoir été souhaitées tout le jour. J'ai, sur l'étendue sablonneuse, au soleil accablée et comme un immense sommeil – mais tant la chaleur était grande, et dans la vibration même de l'air, – j'ai senti la palpitation encore de la vie

qui ne pouvait pas s'endormir, à l'horizon trembler de défaillance, à mes pieds se gonfler d'amour.

Chaque jour, d'heure en heure, je ne cherchais plus rien qu'une pénétration toujours plus simple de la nature. Je possédais le don précieux de n'être pas trop entravé par moi-même. Le souvenir du passé n'avait de force sur moi que ce qu'il en fallait pour donner à ma vie l'unité : c'était comme le fil mystérieux qui reliait Thésée à son amour passé, mais ne l'empêchait pas de marcher à travers les plus nouveaux paysages. Encore ce fil dut-il être rompu… Palingénésies merveilleuses ! Je savourais souvent, dans mes courses du matin, le sentiment d'un nouvel être, la tendresse de ma perception.

« Don du poète », m'écriais-je, « tu es le don de perpétuelle rencontre » — et j'accueillais de toutes parts. Mon âme était l'auberge ouverte au carrefour ; ce qui voulait entrer, entrait. Je me suis fait ductile, à l'amiable, disponible par tous mes sens, attentif, écouteur jusqu'à n'avoir plus *une* pensée personnelle, capteur de toute émotion en passage, et de réaction si minime que je ne tenais plus rien pour mal plutôt que de protester devant rien. Au reste je remarquai bientôt de combien peu de haine du laid s'étayait mon amour du beau.

Je haïssais la lassitude, que je savais faite d'ennui, et prétendais que l'on tablât sur la diversité des choses. Je me reposais n'importe où. J'ai dormi dans les champs. J'ai dormi dans la plaine. J'ai vu l'aube frémir entre les grandes gerbes de blé ; et sur les hêtraies s'éveiller les corneilles. Au matin je me lavais dans l'herbe et le soleil naissant séchait mes vêtements mouillés. Qui dira si jamais la campagne fut plus belle, que ce jour où je vis les riches moissons rentrer parmi les chants, et les bœufs attelés aux pesantes charrettes !

Il y eut un temps où ma joie devint si grande, que je la voulus communiquer, enseigner à quelqu'un ce qui dans moi la faisait vivre.

Au soir, je regardais dans d'inconnus villages les foyers, dispersés durant le jour, se reformer. Le père rentrait, las de travail ; les enfants revenaient de l'école. La porte de la maison s'entrouvrait un instant sur un accueil de lumière, de chaleur et de rire, et puis se refermait pour la nuit. Rien de toutes les choses vagabondes n'y pouvait plus rentrer, du vent grelottant du dehors. — Familles, je vous hais ! foyers clos ; portes refermées ; possessions jalouses du bonheur. — Parfois, invisible de nuit, je suis resté penché vers une vitre, à longtemps regarder la coutume d'une maison. Le père était là, près de la lampe ; la mère cousait ; la place d'un aïeul restait vide ; un enfant, près du père, étudiait ; — et mon cœur se gonfla du désir de l'emmener avec moi sur les routes.

Le lendemain je le revis, comme il sortait de l'école ; le surlendemain je lui parlai ; quatre jours après il quitta tout pour me suivre. Je lui ouvris les yeux devant la splendeur de la plaine ; il comprit qu'elle était ouverte pour lui. J'enseignai donc son âme à devenir plus vagabonde, joyeuse enfin – puis à se détacher même de moi, à connaître sa solitude.

Seul, je goûtai la violente joie de l'orgueil. J'aimais me lever avant l'aube ; j'appelais le soleil sur les chaumes ; le chant de l'alouette était ma fantaisie et la rosée était ma lotion d'aurore. Je me plaisais à d'excessives frugalités, mangeant si peu que ma tête en était légère et que toute sensation me devenait une sorte d'ivresse. J'ai bu de bien des vins depuis, mais aucun ne donnait, je sais, cet étourdissement du jeûne, au grand matin ce vacillement de la plaine, avant que, le soleil venu, je ne dorme au creux d'une meule.

Le pain que j'emportais avec moi, je le gardais parfois jusqu'à la demi-défaillance ; alors il me semblait sentir moins étrangement la nature et qu'elle me pénétrait mieux ; c'était un afflux du dehors ; par tous mes sens ouverts j'accueillais sa présence ; tout, en moi, s'y trouvait convié.

Mon âme enfin s'emplissait de lyrisme, qu'exaspérait ma solitude et qui me fatiguait vers le soir.

Je me soutenais par orgueil, mais regrettais alors Hilaire qui me départissait l'an d'avant de ce que mon humeur avait sinon de trop farouche.

Avec lui, vers le soir, je parlais ; il était lui-même poète ; il comprenait toutes les harmonies. Chaque effet naturel nous devenait comme un langage ouvert où l'on pouvait lire sa cause ; nous apprenions à reconnaître les insectes à leur vol, les oiseaux à leur chant, et la beauté des femmes aux traces de leurs pas sur le sable. Le dévorait aussi une soif d'aventures ; sa force le rendait audacieux. Certes jamais aucune gloire ne vous vaudra, adolescence de nos cœurs ! Aspirant tout avec délices, en vain cherchions-nous à lasser nos désirs ; chacune de nos pensées était une ferveur ; sentir avait pour nous une âcreté singulière.

Nous usions nos splendides jeunesses, attendant le bel avenir, et la route y menant ne paraissait jamais assez interminable, où nous marchions à grands pas, mordant les fleurs des haies qui remplissent la bouche d'un goût de miel et d'exquise amertume.

Parfois, retraversant Paris, je retrouvais pour quelques jours ou quelques heures l'appartement où s'était écoulée ma studieuse enfance ; tout y était silencieux ; des soins de femme absente avaient jeté des linges sur les meubles. Tenant à la main une lampe, j'allais de pièce en

pièce sans rouvrir les volets clos depuis plusieurs années, ni soulever les rideaux pleins de camphre. L'air y était pesant, saturé d'odeur. Ma chambre seule continuait d'être apprêtée. Dans la bibliothèque, la plus sombre et la plus silencieuse des pièces, les livres sur les rayons et sur les tables gardaient l'ordre où je les avais placés ; parfois j'en ouvrais un, et, devant la lampe allumée bien que ce fût le jour, j'étais heureux d'oublier l'heure ; parfois aussi, rouvrant le grand piano, je cherchais dans ma mémoire le rythme d'anciens airs ; mais je ne m'en souvenais que de façon trop imparfaite et, plutôt que de m'y attrister, je cessais. Le jour suivant j'étais de nouveau loin de Paris.

Mon cœur naturellement aimant et comme liquide se répandait de toutes parts ; aucune joie ne me semblait appartenir à moi-même ; j'y invitais chacun de rencontre, et, lorsque j'étais seul à jouir, ce n'était qu'à force d'orgueil.

Certains m'accusèrent d'égoïsme ; je les accusai de sottise. J'avais la prétention de n'aimer point quelqu'un, homme ou femme, mais bien l'amitié, l'affection ou l'amour. En le donnant à l'un, je n'eusse pas voulu l'enlever à quelque autre, et ne faisais que me prêter. Pas plus je ne voulais accaparer le corps ou le cœur d'aucun autre ; nomade ici comme envers la nature, je ne m'arrêtais nulle part. Toute préférence me semblait injustice ; voulant rester à tous, je ne me donnais pas à quelqu'un.

Au souvenir de chaque ville j'attachai le souvenir d'une débauche. À Venise, je pris ma part des mascarades ; un concert d'altos et de flûtes accompagna la barque où je goûtais l'amour.

D'autres barques suivaient, pleines de jeunes femmes et d'hommes. Nous allâmes vers le Lido attendre l'aube, mais nous dormions, lassés, lorsque le soleil se leva, car les musiques s'étaient tues. Mais j'aimais jusqu'à cette fatigue que nous laissent ces fausses joies, et ce vertige du réveil, par quoi nous les sentons fanées. – Dans d'autres ports je sus aller avec les matelots des grands navires ; je descendis dans les ruelles mal éclairées ; mais je blâmais chez moi le désir de l'expérience, notre unique tentation ; et laissant les marins près des bouges, je regagnais le port tranquille, où le conseil taciturne des nuits s'interprétait du souvenir de ces ruelles dont l'étrange et pathétique rumeur parvenait à travers l'extase. J'aimais mieux les trésors des champs.

Pourtant, à vingt-cinq ans, non lassé de voyages, mais tourmenté par l'excessif orgueil que cette vie nomade avait fait croître, je compris ou me persuadai que j'étais mûr enfin pour une forme nouvelle.

Pourquoi ? pourquoi, leur disais-je, me parlez-vous de partir encore sur les routes ; je sais bien que de nouvelles fleurs, au bord de toutes, ont fleuri ; mais c'est vous, à présent, qu'elles attendent. Les abeilles ne butinent qu'un temps ; après se font trésorières. – Je rentrai dans l'appartement délaissé. J'enlevai le linge de sur les meubles : j'ouvris les fenêtres ; et profitant des économies que comme malgré moi, vagabond, j'avais dû faire, je m'entourai de tout ce que je pus me procurer d'objets précieux ou fragiles, de vases ou de livres rares et surtout de tableaux que la connaissance que j'ai de la peinture me permettait d'avoir à très bas prix. Durant quinze ans, je thésaurisai comme un avare ; je m'enrichis de toutes mes forces ; je m'instruisis ; j'appris les langues épuisées et pus lire dans beaucoup de livres ; j'appris à jouer de divers instruments ; chaque heure de chaque journée était donnée à quelque étude fructueuse ; l'histoire et la biologie m'occupèrent particulièrement. Je connus les littératures. J'accumulai les amitiés que mon grand cœur et ma légitime noblesse me permirent de ne pas dérober ; elles me furent, plus que tout le reste, précieuses, et pourtant, même à elles, je ne m'attachai point.

À cinquante ans, l'heure étant venue, je vendis tout, et, comme mon goût sûr et ma connaissance de chaque objet ne m'avaient fait possesseur de rien dont la valeur n'eût augmenté, je réalisai en deux jours une fortune considérable. Je plaçai cette fortune tout entière de façon que j'en pusse perpétuellement disposer. Je vendis absolument tout, ne voulant rien garder de *personnel* sur cette terre ; pas le moindre souvenir d'antan.

Je disais à Myrtil, qui m'accompagnait dans les champs :

« Combien de ce matin charmant, de cette brume et de cette lumière, de cette fraîcheur aérée, de cette pulsation de ton être, la sensation te donnerait plus de délices encore, si tu savais t'y donner tout entier. Tu crois y être, mais la meilleure partie de ton être est cloîtrée ; ta femme et tes enfants, tes livres et ton étude la détiennent et te la dérobent à Dieu.

« Crois-tu pouvoir, en cet instant précis, goûter la sensation puissante, complète, immédiate de la vie, – sans l'oubli de ce qui n'est pas elle ? L'habitude de ta pensée te gêne ; tu vis dans le passé, dans le futur et tu ne perçois rien spontanément. Nous ne sommes rien, Myrtil, que dans l'instantané de la vie ; tout le passé s'y meurt avant que rien d'à venir y soit né. Instants ! Tu comprendras, Myrtil, de quelle force est leur *présence !* car chaque instant de notre vie est essentiellement irremplaçable : sache parfois t'y concentrer uniquement.

Si tu voulais, si tu savais, Myrtil, en cet instant, sans plus de femme ni d'enfants, tu serais seul devant Dieu sur la terre. Mais tu te souviens d'eux, et portes avec toi, comme par une peur de les perdre, tout ton passé, tous tes amours, et toutes les préoccupations de la terre. Pour moi, tout mon amour m'attend à tout instant et pour une nouvelle surprise ; je le connais toujours et ne le reconnais jamais. Tu ne soupçonnes pas, Myrtil, toutes les formes que prend Dieu ; de trop regarder l'une et t'en éprendre, tu t'aveugles. La fixité de ton adoration me peine ; je la voudrais plus diffusée. Derrière toutes tes portes fermées, Dieu se tient. Toutes formes de Dieu sont chérissables, et tout est la forme de Dieu. »

… Avec ma fortune réalisée, je frétai d'abord un navire, emmenant avec moi sur la mer trois amis, des hommes d'équipe et quatre mousses. Je m'épris du moins beau d'entre eux. Mais même à la douceur de ses caresses, je préférais la contemplation des grands flots. J'entrai dans des ports fabuleux, au soir, et les quittais avant l'aurore ayant parfois cherché toute la nuit de l'amour. Je connus à Venise une courtisane extrêmement belle ; je l'aimai trois nuits, car auprès j'oubliais, tant elle était belle, les délices de mes autres amours. Ce fut à elle que je vendis ou que je donnai mon navire.

J'habitai quelques mois dans un palais du lac de Côme, où les musiciens les plus doux s'assemblèrent. J'y réunis aussi de belles femmes, discrètes et habiles à parler ; et nous causions, le soir, tandis que les musiciens nous charmaient ; puis, descendant le perron de marbre dont les dernières marches trempaient, nous allions dans les barques errantes endormir nos amours au rythme reposé des rames. Il y avait des retours assoupis ; la barque accostée tout à coup s'éveillait, et Idoine, à mon bras se pendant, remontait le perron, silencieuse.

L'an d'après j'étais dans un immense parc de Vendée, non loin des plages. Trois poètes ont chanté l'accueil que je leur fis en ma demeure ; ils parlaient aussi des étangs avec les poissons et les plantes, des avenues de peupliers, des chênes isolés et des bouquets de frênes, de la belle ordonnance du parc. Lorsque l'automne vint, je fis abattre les plus grands arbres, et me plus à dévaster ma demeure. Rien ne dira l'aspect du parc où vadait notre société nombreuse, errant dans les allées où j'avais laissé l'herbe croître. On entendait d'un bout à l'autre des avenues les coups de hache des bûcherons. Les robes s'accrochaient aux branches en travers des routes. L'automne s'éployant sur les arbres couchés fut splendide. Une telle magnificence s'y posait, que long-

temps après je ne pus plus penser à rien d'autre, et je reconnus là ma vieillesse.

J'ai depuis occupé un chalet dans les hautes Alpes ; un palais blanc à Malte, près du bois parfumé de Cita Vecchia, où les citrons ont l'acide douceur des oranges ; une calèche errante en Dalmatie ; et ce jardin présentement, sur la colline de Florence, celle qui fait face à Fiesole, où je vous ai ce soir assemblés.

Ne me dites pas trop que je dois aux événements mon bonheur ; évidemment ils me furent propices, mais je ne me suis pas servi d'eux. Ne croyez pas que mon bonheur soit fait à l'aide de richesses ; mon cœur sans nulle attache sur la terre est resté pauvre, et je mourrai facilement. Mon bonheur est fait de ferveur. À travers indistinctement toute chose, j'ai éperdument adoré.

II

La terrasse monumentale où nous étions (des escaliers tournants y menaient) dominait toute la ville et semblait, au-dessus des feuillages profonds, une nef immense amarrée ; parfois elle semblait avancer vers la ville. Sur le haut pont de ce navire imaginaire, cet été, je montais quelquefois goûter, après le tumulte des rues, l'apaisement contemplatif du soir. Toute rumeur en montant s'épuisait ; il semblait que ce fussent des vagues et qu'elles déferlassent ici. Elles venaient encore et par ondes majestueuses, montaient, s'élargissaient contre les murs. Mais je montais plus haut, là où les vagues n'atteignaient plus. Sur la terrasse extrême, on n'entendait plus rien que le frémissement des feuillages et l'appel éperdu de la nuit.

Des chênes verts et des lauriers immenses, plantés en régulières avenues, venaient finir au bord du ciel, où la terrasse même finissait ; pourtant, des balustrades arrondies, par instants, s'avançaient encore, surplombant et formant comme des balcons dans l'azur. Là, je venais m'asseoir, je m'enivrais de ma pensée ; là je croyais voguer. Au-dessus des collines sombres, qui s'élevaient de l'autre côté de la ville, le ciel était de la couleur de l'or : des ramures légères, parties de la terrasse où j'étais, penchaient vers le couchant splendide, ou s'élançaient, presque sans feuilles, vers la nuit. De la ville montait ce qui semblait une fumée ; c'était de la poussière illuminée qui flottait, s'élevait à peine au-dessus des places où plus de lumière brillait. Et parfois jaillissait comme spontanément, dans l'extase de cette nuit trop chaude, une fusée, lancée on

ne sait d'où, qui filait, suivait comme un cri dans l'espace, vibrait, tournait, et retombait défaite, au bruit de sa mystérieuse éclosion. J'aimais celles surtout dont les étincelles d'or pâle tombent si lentement et si négligemment s'éparpillent qu'on croit, après, tant les étoiles sont merveilleuses, qu'elles aussi sont nées de cette subite féerie, et que, de les voir, après les étincelles, demeurantes, l'on s'étonne… puis, lentement, on reconnaît chacune à sa constellation attachée, – et l'extase en est prolongée.

— Les événements, reprit Josèphe, ont disposé de moi d'une façon que je n'ai pas approuvée.

— Tant pis ! reprit Ménalque. Je préfère me dire que ce qui n'est pas, c'est ce qui ne pouvait pas être.

III

Et cette nuit ce furent les fruits qu'ils chantèrent. Devant Ménalque, Alcide et quelques autres assemblés, Hylas chanta la
RONDE DE LA GRENADE

Certes trois grains de grenade suffirent à faire s'en souvenir Proserpine.

Vous chercheriez encore longtemps Le bonheur impossible des âmes.
Joies de la chair et joies des sens
Qu'un autre s'il lui plaît vous condamne, Amères joies de la chair et des sens
– Qu'il vous condamne – moi je n'ose.

— Certes, Didier, philosophe fervent, je t'admire
Si la, croyance en ta pensée te fait à la joie de l'esprit Croire aucune autre préférable.
Mais non pas dans tous les esprits se peuvent de telles amours.

Et certes, aussi moi je vous aime, Mortels tressaillements de mon âme, Joies du cœur, joies de l'esprit –
Mais c'est vous, plaisirs, que je chante.

Joies de la chair, tendres comme l'herbe, Charmantes comme les fleurs des haies
Fanées plus vite, ou fauchées, que les luzernes des prairies,
Que les désolantes spirées qui s'effeuillent dès qu'on les touche.

La vue – le plus désolant de nos sens…
Tout ce que nous ne pouvons pas toucher nous désole ; L'esprit saisit plus aisément la pensée
Que notre main ce que notre œil convoite.
Oh ! que ce soit ce que tu peux toucher que tu désires, Nathanaël, et ne cherche pas une possession plus parfaite,
Les plus douces joies de mes sens Ont été des soifs étanchées.

Certes, délicieuse est la brume, au soleil levant sur les plaines
Et délicieux le soleil ;
Délicieuse à nos pieds nus la terre humide Et le sable mouillé par la mer ;
Délicieuse à nous baigner fut l'eau des sources ;
À baiser les inconnues lèvres que mes lèvres touchèrent dans l'ombre…
Mais des fruits – des fruits – Nathanaël, que dirai-je ?

Oh ! que tu ne les aies pas connus, Nathanaël, c'est bien là ce qui me désespère. Leur pulpe était délicate et juteuse, Savoureuse comme la chair qui saigne, Rouge comme le sang qui sort d'une blessure.
Ceux-ci ne réclamaient, Nathanaël, aucune soif particulière ;
On les servait dans des corbeilles d'or ;
Leur goût écœurait tout d'abord, étant d'une fadeur incomparable ;
Il n'évoquait celui d'aucun fruit de nos terres ; Il rappelait le goût des goyaves trop mûres, Et la chair en semblait passée ;
Elle laissait, après, l'âpreté dans la bouche ;
On ne la guérissait qu'en remangeant un fruit nouveau ; À peine bientôt si seulement durait leur jouissance L'instant d'en savourer le suc ;
Et cet instant en paraissait tant plus aimable Que la fadeur après devenait plus nauséabonde. La corbeille fut vite vidée
Et le dernier nous le laissâmes Plutôt que de le partager.

Hélas ! après, Nathanaël, qui dira de nos lèvres Quelle fut l'amère brûlure ?
Aucune eau ne les put laver.
Le désir de ces fruits nous tourmenta jusque dans l'âme. Trois jours durant, dans les marchés, nous les cherchâmes ;

La saison en était finie.
Où sont, Nathanaël, dans nos voyages
De nouveaux fruits pour nous donner d'autres désirs ?

*

Il y en a que nous mangerons sur des terrasses.
Devant la mer et devant le soleil couchant. Il y en a que l'on confit dans de la
glace Sucrée avec un peu de liqueur dedans.

Il y en a que l'on cueille sur les arbres De jardins réservés, enclos de murs,
Et que l'on mange à l'ombre dans la saison estivale.

On disposera de petites tables ;
Les fruits tomberont tout autour de nous Dès qu'on agitera les branches
Où les mouches engourdies se réveilleront.
Les fruits tombés, on les recueillera dans des jattes Et leur parfum déjà suffi-
rait à nous charmer.

Il y en a dont l'écorce tache les lèvres et que l'on ne mange que lorsqu'on a très
soif.
Nous les avons trouvés le long des routes sablonneuses ; Ils brillaient à travers
le feuillage épineux
Qui déchira nos mains lorsque nous voulûmes les prendre ;
Et notre soif n'en fut pas beaucoup étanchée.

Il y en a dont on ferait des confitures Rien qu'à les laisser cuire au soleil.
Il y en a dont la chair malgré l'hiver demeure sure ; De les avoir mordus les
dents sont agacées.
Il y en a dont la chair paraît toujours froide, même l'été. On les mange ac-
croupi sur des nattes,
Au fond de petits cabarets.

Il y en a dont le souvenir vaut une soif Dès qu'on ne peut plus les trouver.

*

Nathanaël, te parlerai-je des grenades ?
On les vendait pour quelques sous, à cette foire orientale, Sur des claies de ro-
seaux où elles s'étaient éboulées.

On en voyait qui roulaient dans la poussière Et que des enfants nus ramas-
saient.

Leur jus est aigrelet comme celui des framboises pas mûres.

Leur fleur semble faite de cire ; Elle est de la couleur du fruit.

Trésor gardé, cloisons de ruches, Abondance de la saveur, Architecture penta-
gonale.

L'écorce se fend ; les grains tombent, Grains de sang dans des coupes d'azur ;
Et d'autres, gouttes d'or, dans des plats de bronze émaillé.

Chante à présent la figue, Simiane, Parce que ses amours sont cachées.
Je chante la figue, dit-elle,
Dont les belles amours sont cachées. Sa floraison est repliée.

Chambre close où se célèbrent des noces ; Aucun parfum ne les conte au de-
hors.

Comme rien ne s'en évapore,
Tout le parfum devient succulence et saveur. Fleur sans beauté ; fruit de dé-
lices ;

Fruit qui n'est que sa fleur mûrie.

J'ai chanté la figue, dit-elle, Chante à présent toutes les fleurs.

— Certes, reprit Hylas, nous n'avons pas chanté tous les fruits.
Don du poète : celui d'être ému pour des prunes.
(La fleur ne vaut pour moi que comme une promesse de fruit.)
Tu n'as pas parlé de la prune.

Et l'acide prunelle des haies Que la neige froide rend douce.
La nèfle qui ne se mange que pourrie ;
Et la châtaigne de la couleur des feuilles mortes Qu'on fait éclater près du feu.

— Je me souviens de ces myrtilles des montagnes que je cueillis
un jour de grand froid dans la neige.

— Je n'aime pas la neige, dit Lothaire ; c'est une matière toute mys-
tique et qui n'a pas encore pris son parti de la terre. Je hais son insolite
blancheur où s'arrête le paysage. Elle est froide et se refuse à la vie ; je
sais qu'elle la couve et la protège, mais la vie n'en surnaît qu'en la fon-
dant. Ainsi je la veux grise et sale, à demi fondue et déjà presque en eau
pour les plantes.

— Ne parle pas ainsi de la neige, car elle aussi peut être belle, dit
Ulrich. Elle n'est triste et douloureuse que là où trop d'amour la fera

fondre ; et toi qui préfères l'amour, la préfères à demi fondue. Elle est belle où elle triomphe.

— Là nous n'irons pas, dit Hylas. Et où je dis : tant mieux, tu n'as pas à dire : tant pis. »

*

Et cette nuit chacun de nous chanta, sous forme de ballades : Moelibée la

BALLADE DES PLUS CÉLÈBRES AMANTS

Suléïka ! pour vous je m'arrêtais de boire Le vin que me versait l'échanson.

C'est pour vous que, Boabdil, à Grenade, J'arrosai les lauriers-roses du Généraliffe.

Je fus Soleiman quand, Balkis, vous vîntes des provinces du Sud pour me proposer des énigmes.

Tamar, je fus Amnon votre frère, qui se mourait de ne pouvoir vous posséder.

Bethsabée, quand, suivant une colombe d'or jusque sur la plus haute terrasse de mon palais, je vous vis, prête au bain, descendre nue, je fus David qui fit se tuer pour moi votre mari.

J'ai chanté pour vous, Sulamite, des chants tels qu'on les croit presque religieux.

Fornarine, je suis celui qui criait d'amour dans tes bras. Zobéide, je suis l'esclave que vous rencontrâtes au matin, dans la rue qui menait à la place publique ; je portais un panier vide sur ma tête, et vous me le fîtes emplir, vous suivant, de cédrats, de limons, de concombres, d'épices variées et de diverses friandises ; puis, comme je vous plus et que je me plaignais de ma fatigue, vous voulûtes me garder la nuit, près de vos deux sœurs, et des trois kalendars fils de roi. Et nous nous occupâmes chacun, tour à tour, à écouter les autres, chacun racontant son histoire. Quand vint mon tour de raconter : Avant de vous avoir rencontrée, Zobéide, dis-je, je n'avais pas d'histoire en ma vie ; maintenant comment en aurais-je ? N'êtes-vous pas toute ma vie ? – Et ce disant le porteur se bourrait de fruits. (Je me souviens que, tout enfant, je rêvais des confitures sèches dont il est tant question dans les Mille et une Nuits. J'en ai mangé depuis, qui sont à l'essence de roses, et un ami m'a parlé de celles qu'on fait avec des letchis.)

Ariane, je suis le passager Thésée Qui vous abandonne à Bacchus Pour pouvoir continuer ma route.

Eurydice, ma belle, je suis pour vous Orphée Qui d'un regard, dans les enfers, vous répudie, Importuné d'être suivi ;

puis Mopsus chanta la

BALLADE DES BIENS IMMEUBLES

Quand la rivière commença à monter,
Il y en eut qui se réfugièrent sur la montagne ;
D'autres qui se dirent : le limon engraissera nos champs; D'autres qui se dirent : c'est la ruine ;
D'autres qui ne se dirent rien du tout.

Quand la rivière eut bien monté,
Il y avait des endroits où l'on voyait encore des arbres, D'autres où l'on voyait des toits de maisons,
Des clochers, des murs, et plus loin des collines ; D'autres endroits où l'on ne voyait plus rien du tout.

Il y avait des paysans qui firent monter leurs troupeaux sur les collines ;
D'autres qui emportèrent dans un bateau leurs petits-enfants ;
Il y en eut qui emportèrent de la bijouterie,
Des mangeailles, des papiers écrits, et tout ce qui pouvait flotter d'argent.
Il y en eut qui n'emportèrent rien du tout.

Ceux-ci, qui avaient fui dans des barques entraînées,
Se réveillèrent dans des terres qu'ils ne connaissaient pas du tout.
Il y en eut qui se réveillèrent en Amérique ;
D'autres en Chine, et d'autres sur les rives du Pérou. Il y en eut qui ne se réveillèrent pas du tout.

Puis Guzman chanta la

RONDE DES MALADIES

dont je ne rapporterai que la fin :

… À Damiette, je pris les fièvres :
À Singapore, je vis mon corps s'orner d'efflorescences blanches et mauves.
À la Terre de Feu, toutes mes dents tombèrent. Sur le Congo, un caïman me mangea un pied. Dans les Indes, me prit une maladie de langueur,
Qui fit ma peau admirablement verte et comme transparente ;
Mes yeux semblaient sentimentalement agrandis.

Je vivais dans une cité lumineuse ; tous les soirs il s'y commettait tous les crimes et pourtant, non loin du port, continuaient de flotter des galères que l'on ne parvenait pas à remplir. Un matin je partis sur l'une d'elles, le gouverneur de la ville ayant mis à ma fantaisie la force de quarante rameurs. Quatre jours et trois nuits nous naviguâmes ; ils usèrent pour moi leurs forces admirables. Cette fatigue monotone endormait leur turbulente vigueur ; ils se lassaient à remuer sans fin l'eau des vagues ; ils devenaient plus beaux, rêveurs, et leurs souvenirs du passé s'en allaient sur la mer immense. Et nous entrâmes vers le soir dans une ville sillonnée de canaux, une ville couleur de l'or ou de la cendre et qu'on nommait Amsterdam ou Venise, suivant qu'elle était brune ou dorée.

IV

Le soir, dans les jardins qui sont au pied de la colline de Fiesole, à mi-chemin entre Florence et Fiesole, dans ces mêmes jardins où, du temps de Boccace, Pamphile et Fiametta chantaient, – le jour trop lumineux achevé – dans la nuit point ténébreuse, Simiane, Tityre, Ménalque, Nathanaël, Hélène, Alcide et quelques autres étaient assemblés.

Après un demi-repas de friandises que la grande chaleur nous avait permis de prendre sur la terrasse, nous étions descendus dans les allées et maintenant, après des musiques, nous errions sous les lauriers et les chênes, attendant l'heure où nous étendre sur l'herbe, près des sources qu'un bosquet de chênes verts abritait, et nous reposer longuement de la fatigue du grand jour.

J'allais de groupe en groupe, et n'entendais que des propos sans suite, encore que tous parlassent de l'amour.

— Toute volupté, disait Éliphas, est bonne, et a besoin d'être goûtée.

— Mais non toutes par tous, disait Tibulle ; il faut opter.

Plus loin, à Phèdre et à Bachir, c'était Térence qui racontait :

— J'aimais, disait-il, une enfant de race kabyle, à la peau noire, de chair parfaite, à peine mûre. Elle gardait dans la volupté la plus mièvre et déjà la plus retombée une gravité déconcertante. Elle était l'ennui de mes jours et les délices de mes nuits.

Et Simiane avec Hylas :

— C'est un petit fruit qui demande à être souvent mangé.

Hylas chantait :

— *Il y a des petites voluptés qui ont été pour nous, comme, sur les bords des routes, ces petits fruits de maraude, aigres, et qu'on aurait voulu plus sucrés.*

Sur l'herbe, près des sources, nous nous assîmes :… un chant d'oiseau de nuit, près de moi m'occupa pendant un instant plus que leurs paroles ; quand je recommençai d'écouter, Hylas parlait :

… Et chacun de mes sens a eu ses désirs. Quand j'ai voulu rentrer en moi, j'ai trouvé mes serviteurs et mes servantes à ma table ; je n'ai plus eu la plus petite place où m'asseoir. La place d'honneur était occupée par la Soif ; d'autres soifs lui disputaient la belle place. Toute la table était querelleuse ; mais ils s'entendaient contre moi. Quand j'ai voulu m'approcher de la table, ils se sont tous levés contre moi, déjà ivres ; ils m'ont chassé de chez moi ; ils m'ont traîné dehors, et je suis ressorti pour aller leur cueillir des grappes.

Désirs ! Beaux désirs, je vous apporterai des grappes écrasées ; j'emplirai de nouveau vos énormes coupes ; mais laissez-moi rentrer dans ma demeure — et que je puisse encore, quand vous dormirez dans l'ivresse, me couronner de pourpre et de lierre, — couvrir le souci de mon front sous une couronne de lierre.

L'ivresse s'emparait de moi-même, et je ne pouvais plus bien écouter ; par instants, quand le chant de l'oiseau se taisait, la nuit semblait devenir silencieuse comme si j'eusse été seul à la contempler ; par instants il me semblait de partout entendre des voix jaillissantes qui se mêlaient à celles de notre nombreuse société : –

Nous aussi, nous aussi, disaient-elles, *nous avons connu les lamentables ennuis de nos âmes.*

Les désirs ne nous laissent pas tranquillement travailler.

— *… Cet été, tous mes désirs eurent soif.*

Il semblait qu'ils eussent traversé des déserts. Et je me refusais à leur donner à boire,

Tant je les savais malades pour avoir bu.

(Il y avait des grappes où dormait de l'oubli ; il y en avait où mangeaient des abeilles ; il y en avait où du soleil semblait s'attarder.)

Un désir s'est assis à mon chevet tous les soirs. Je l'y retrouve à chaque aurore.

Il a veillé sur moi toute la nuit.

J'ai marché ; j'ai voulu lasser mon désir ; Je n'ai pu fatiguer que mon corps.

Chante à présent, Cléodalise, la

RONDE DE TOUS MES DÉSIRS

Je ne sais ce que j'avais pu rêver cette nuit. À mon réveil tous mes désirs avaient soif.
Il semblait qu'en dormant, ils eussent traversé des déserts.
Entre le désir et l'ennui Notre inquiétude balance.

Désirs ! Est-ce que vous ne vous lasserez pas ?
Oh ! oh ! oh ! oh ! cette petite volupté qui passe ! – et qui sera bientôt passée !
Hélas ! Hélas ! je sais comment prolonger ma souffrance ; mais mon plaisir je ne sais comment l'apprivoiser.

Entre le désir et l'ennui, notre inquiétude balance.

Et l'humanité tout entière m'a paru comme un malade qui se retourne dans son lit pour dormir – qui cherche le repos et ne trouve même pas le sommeil.

Nos désirs ont déjà traversé bien des mondes ; Ils ne se sont jamais rassasiés.
Et la nature entière se tourmente, Entre soif de repos et soif de volupté. Nous avons crié de détresse
Dans les appartements déserts.

Nous sommes montés sur des tours D'où l'on ne voyait que la nuit.

Chiennes, nous avons hurlé de douleur Le long des berges desséchées ;
Lionnes, nous avons rugi dans l'Aurès ; et nous avons brouté, chamelles, le varech gris des chotts, sucé le suc des tiges creuses ; car l'eau n'abonde pas au désert.
Nous avons traversé, hirondelles, De vastes mers sans nourriture ;
Sauterelles, pour nous nourrir nous avons dû tout dévaster.

Algues, nous ont ballottées les orages ; Flocons, nous avons été roulés par les vents.
Oh ! pour un immense repos, je souhaite la mort salutaire ; et qu'enfin mon désir exténué ne puisse plus fournir à de nouvelles métempsycoses. Désir ! je t'ai traîné sur les routes ; je t'ai désolé dans les champs ; je t'ai soûlé dans les grand'villes ; je t'ai soûlé sans te désaltérer ; – je t'ai baigné dans les nuits pleines de lune ; je t'ai promené partout ; je t'ai bercé sur les vagues ; j'ai voulu t'endormir

sur les flots… Désir ! Désir ! que te ferais-je ? que veux-tu donc ? Est-ce que tu
ne te lasseras pas ?

La lune parut entre les branches des chênes, monotone, mais belle autant que les autres fois. Par groupes, à présent ils causaient et je n'entendais que des phrases éparses ; il me sembla que chacun parlait à tous les autres de l'amour et sans s'inquiéter s'il n'était par aucun autre écouté.

Puis les conversations se défirent, et, comme la lune disparaissait derrière les branches plus épaisses des chênes, ils restèrent couchés les uns près des autres, dans les feuilles, écoutant sans plus les comprendre les parleurs ou les parleuses attardés, mais dont les voix plus discrètes ne parvinrent bientôt plus à nous que mêlées au chuchotement du ruisseau sur les mousses.

Simiane, alors se levant, se fit une couronne de lierre et je sentis l'odeur des feuilles déchirées. Hélène dénoua ses cheveux qui retombèrent sur sa robe et Rachel s'en alla recueillir de la mousse humide pour en mouiller ses yeux et les apprêter au sommeil.

La clarté même de la lune disparut. Je restais étendu, lourd de charme et grisé jusqu'à la tristesse. Je ne parlai pas de l'amour. J'attendais le matin pour partir et courir au hasard des routes. Déjà depuis longtemps sommeillait ma tête lassée. Je dormis quelques heures ; – puis quand vint l'aube, je partis.

LIVRE CINQUIÈME

I

Pluvieuse terre de Normandie ;
campagne domestiquée…

Tu disais : nous nous posséderons au printemps, sous telles branches que je connais ; tel lieu couvert et plein de mousses ; il sera telle heure du jour ; il fera telle douceur de l'air, et l'oiseau qui l'an dernier y chantait chantera. – Mais le printemps vint tard cette année ; l'air trop frais proposait une joie différente.

L'été fut languissant et tiède – mais tu comptais sur une femme qui ne vint pas. Et tu disais : cet automne du moins compensera ces mécomptes et consolera mes ennuis. Elle n'y viendra pas, je suppose – mais du moins rougiront les grands bois. Certaines journées encore douces, j'irai m'asseoir au bord de l'étang, où, l'an passé, tant de feuilles mortes tombèrent. J'attendrai l'approche du soir… D'autres soirs, je descendrai sur les lisières où les derniers rayons se reposeront. Mais l'automne fut pluvieux cette année ; les bois pourris ne se colorèrent qu'à peine, et sur les bords de l'étang débordé tu ne pouvais venir t'asseoir.

*

Cette année, je fus sans cesse occupé sur les terres. J'assistais aux récoltes et aux labours. Je pus voir l'automne avancer. La saison était incomparablement tiède, mais pluvieuse. Vers la fin de septembre, une effroyable bourrasque, qui n'arrêta pas de souffler durant douze heures, sécha les arbres d'un seul côté. Peu de temps après, les feuilles qui étaient restées à l'abri du vent se dorèrent. Je vivais si loin des hommes que cela me parut aussi important à dire que n'importe quel événement.

*

Il y a des jours et d'autres jours encore. Il y a des matins et des soirs.

Il y a des matins où l'on se lève avant l'aube, plein de torpeur. – Ô gris matin d'automne ! où l'âme s'éveille non reposée, si lasse et d'une si brûlante veillée, qu'elle souhaite dormir encore et suppute le goût de la mort. – Demain je quitte cette campagne qui grelotte ; l'herbe est

pleine de givre. Je sais, comme les chiens qui, dans des cachettes de terre, ont gardé du pain et des os pour leur faim, je sais où me trouver telles voluptés réservées. Je sais, au tournant creux du ruisseau, un peu d'air tiède ; au-dessus de la barrière du bois, un tilleul d'or pas encore dépouillé ; un sourire et une caresse au petit garçon de la forge, sur le chemin de son école ; l'odeur, plus loin, d'une abondance de feuilles tombées ; une femme à qui je puis sourire : près de la hutte, un baiser à son petit enfant ; le bruit des marteaux de la forge qui, l'automne, s'entend de très loin… Est-ce tout ? – Ah ! dormons ! – c'est trop peu de chose – et je suis trop las d'espérer…

*

Départs horribles dans la demi-clarté d'avant l'aube. Grelottement de l'âme et de la chair. Vertige. On cherche ce qu'on pourrait bien emporter encore. – Qu'aimes-tu tant dans les départs, Ménalque ? Il répondit : – L'avant-goût de la mort.

Non certes ce n'est pas tant voir autre chose que me séparer de tout ce qui ne m'est pas indispensable. Ah ! de combien de choses, Nathanaël, on aurait encore pu se passer ! Âmes jamais suffisamment dénuées pour être enfin suffisamment emplies d'amour – d'amour, d'attente et d'espérance, qui sont nos seules vraies possessions.

Ah ! tous ces lieux où l'on aurait tout aussi bien pu vivre ! Lieux où foisonnerait le bonheur. Fermes laborieuses ; travaux inestimables des champs ; fatigue ; immense sérénité du sommeil…

Partons ! et ne nous arrêtons que n'importe où ! …

II

LE VOYAGE EN DILIGENCE

J'ai quitté mes vêtements de la ville qui m'obligeaient à garder trop de dignité.

*

Il était là, contre moi ; je sentais aux battements de son cœur que c'était une créature vivante, et la chaleur de son petit corps me brûlait. Il dormait contre mon épaule ; je l'entendais respirer. J'étais gêné par la

tiédeur de son haleine, mais je ne bougeais point de peur de l'éveiller. Sa tête délicate ballottait aux grands cahots de la voiture où nous étions horriblement entassés ; les autres aussi dormaient encore, épuisant un reste de nuit.

Certes oui, j'ai connu l'amour, l'amour encore et beaucoup d'autres ; mais de cette tendresse d'alors est-ce que je ne pourrai rien dire ?

Certes oui, j'ai connu l'amour.

Je me suis fait rôdeur pour pouvoir frôler tout ce qui rôde : je me suis épris de tendresse pour tout ce qui ne sait où se chauffer, et j'ai passionnément aimé tout ce qui vagabonde.

*

Il y a quatre ans, je me souviens, je passai la fin d'un jour dans cette petite ville que je retraverse à présent ; la saison était, comme à présent, l'automne ; ce n'était non plus pas un dimanche et l'heure chaude était passée.

Je me promenais, je me souviens, comme à présent, dans les rues, jusqu'à ce que sur le bord de la ville s'ouvrît un jardin en terrasse dominant la belle contrée.

Je suis la même route et je reconnais tout.

Je remets mes pas sur mes pas et mes émotions… Il y avait un banc de pierre où je m'assis. – Voici. – J'y lisais. Quel livre ?

– Ah ! : Virgile. – Et j'entendais monter le bruit des battoirs des laveuses. – Je l'entends. – L'air était calme, – comme aujourd'hui.

Les enfants sortent de l'école ; je m'en souviens. Des passants passent, comme ils passèrent. Le soleil se couchait ; voici le soir ; et les chants du jour vont se taire…

C'est tout.

— Mais, dit Angèle, cela ne suffit pas pour faire une poésie…

— Alors laissons cela, répondis-je.

*

Nous avons connu le lever hâtif d'avant l'aube. Le postillon attelle les chevaux dans la cour.

Des seaux d'eau lavent le pavé. Bruit de la pompe.

Tête enivrée de qui n'a pu dormir à force de pensées. Lieux que l'on doit quitter ; petite chambre ; ici, pendant un instant, j'ai posé ma tête ;

j'ai senti ; j'ai pensé ; j'ai veillé. – Qu'on meure ! et qu'importe où (dès qu'on ne vit plus, c'est n'importe où et nulle part). Vivant, je fus ici.

Chambres quittées ! Merveille des départs que je n'ai jamais voulu[3] tristes. Une exaltation me vint toujours de la possession présente de CECI.

À cette fenêtre, penchons-nous donc encore un instant... Il vient un instant de partir. Celui-ci je le veux immédiatement qui le précède... pour me pencher encore dans cette nuit presque achevée, vers l'infinie possibilité du bonheur.

Instant charmant, verse à l'immense azur un flot d'aurore... La diligence est prête. Partons ! que tout ce que je viens de penser se perde comme moi dans l'étourdissement de la fuite...

Passage de forêt. Zone de températures parfumées. Les plus tièdes ont l'odeur de la terre ; les plus froides, l'odeur des feuilles rouies. – J'avais les yeux fermés ; je les rouvre. Oui : voilà les feuilles ; voici le terreau remué...

Strasbourg.

Ô « folle cathédrale ! » – avec ta tour aérienne ! – du sommet de ta tour, comme d'une nacelle balancée, on voyait sur les toits les cigognes orthodoxes et compassées avec leurs longues pattes, lentement, – parce que c'est très difficile de s'en servir.

Auberges.

La nuit, j'allais dormir au fond des granges ; Le postillon venait me retrouver dans le foin.

Auberges.

... à mon troisième verre de kirsch, un sang plus chaud commença de circuler sous mon crâne ;

à mon quatrième verre, je commençai de ressentir cette légère ivresse qui, rapprochant tous les objets, les mettait à portée de ma prise ;

[3] *Sic.*

au cinquième, la salle où j'étais, le monde me sembla prendre enfin des proportions plus sublimes, où mon sublime esprit, plus librement, évoluait ;

au sixième verre, en étant un peu fatigué, je m'endormis.

(Toutes les joies de nos sens ont été imparfaites comme des mensonges.)

Auberges.

J'ai connu le vin lourd des auberges, qui revient avec un goût de violette et procure le sommeil épais de midi. J'ai connu l'ivresse du soir, quand il semble que toute terre vacille sous le seul poids de votre puissante pensée.

Nathanaël, je te parlerai de l'ivresse.

Nathanaël, souvent le plus simple assouvissement me fut une ivresse, tant, avant, j'étais ivre déjà de désirs. Et ce que je cherchais sur les routes, ce n'était pas d'abord tant une auberge que ma faim.

Ivresses – du jeûne, quand on a marché de très bon matin, et que la faim n'est plus un appétit mais un vertige. Ivresse de la soif, lorsqu'on a marché jusqu'au soir.

Le plus frugal repas me devenait alors excessif comme une débauche et je goûtais lyriquement l'intense sensation de ma vie. Alors, l'apport voluptueux de mes sens faisait, de chaque objet qui les touchait, comme mon palpable bonheur.

J'ai connu l'ivresse qui déforme légèrement les pensées, je me souviens d'un jour où elles se déduisaient comme des tuyaux de lorgnette ; l'avant-dernière semblait toujours déjà la plus fine ; et puis il en sortait toujours une plus fine encore. Je me souviens d'un jour où elles devenaient si rondes que vraiment il n'y avait plus qu'à les laisser rouler. Je me souviens d'un jour où elles étaient si élastiques que chacune prenait successivement les formes de toutes, et réciproquement. D'autres fois c'en était deux qui, parallèles, semblaient vouloir croître ainsi jusqu'au fond de l'éternité.

J'ai connu l'ivresse qui vous fait croire meilleur, plus grand, plus respectable, plus vertueux, plus riche, etc. – que l'on n'est.

Automnes.

Il y avait de grands labours dans les plaines. Les sillons fumaient dans le soir ; et les chevaux lassés prenaient une allure plus lente. Chaque soir m'enivrait comme si j'y sentais pour la première fois l'odeur de la terre. J'aimais alors m'asseoir au talus de l'orée, parmi les

feuilles mortes ; écoutant les chants des labours, regardant le soleil exténué s'endormir au fond de la plaine.

Saison humide ; pluvieuse terre normande… Promenades. – Landes, mais sans âpreté. –

Falaises. – Forêts. – Ruisseau glacé. Repos à l'ombre ; causeries. – Fougères rousses.

— Ah ! pensions-nous, que ne te rencontrâmes-nous en voyage, prairie, et que nous eussions voulu traverser à cheval. (Elle était complètement entourée de forêts.)

Promenades le soir. Promenades la nuit. –

Promenades.

… *Être* me devenait énormément voluptueux. J'eusse voulu goûter toutes les formes de la vie ; celles des poissons et des plantes. Entre toutes les joies des sens, j'enviais celles du toucher.

Un arbre isolé, dans une plaine, à l'automne, environné d'ondée ; ses feuilles roussies tombaient ; je pensais que l'eau abreuvait pour longtemps ses racines, dans la terre profondément imbibée.

À cet âge, mes pieds nus étaient friands du contact de la terre mouillée, du clapot des flaques, de la fraîcheur ou de la tiédeur de la boue. Je sais pourquoi j'aimais tant l'eau et surtout les choses mouillées : c'est que l'eau plus que l'air nous donne la sensation immédiatement différente de ses températures variées. J'aimais les souffles mouillés de l'automne… Pluvieuse terre de Normandie.

*

La Roque.

Les chariots sont rentrés chargés de moissons odorantes. Les greniers se sont emplis de foin.

Chariots pesants, heurtés aux talus, cahotés aux ornières ; que de fois vous me ramenâtes des champs, couché sur les tas d'herbes sèches, parmi les rudes garçons faneurs !

Quand pourrai-je, ah ! couché sur les meules, attendre encore le soir venir ? …

Le soir venait ; on atteignait les granges – dans la cour de la ferme où les derniers rayons s'attardaient.

III

LA FERME

Fermier !

FERMIER ! Chante ta ferme.

Je veux m'y reposer un instant – et rêver, auprès de tes granges, à l'été que les parfums des foins me rappelleront.

Prends tes clefs ; une à une ; ouvre-moi chaque porte… La première est celle des granges…

Ah ! que si les temps sont fidèles !… ah ! que dans la chaleur des foins ne reposé-je près de la grange !… au lieu de vagabonder, à force de ferveur, vaincre l'aridité du désert !… J'écouterais les chants des moissonneurs, et je verrais, tranquille, rassuré, les moissons, provisions inestimables, rentrer sur les chariots accablés – comme d'attendantes réponses aux questions de mes désirs. Je n'irais plus chercher de quoi les rassasier dans la plaine : ici je les gorgerais à loisir.

Il est un temps de rire – et il est un temps d'avoir ri.

Il est un temps de rire, certes – puis de se souvenir d'avoir ri.

Certainement, Nathanaël, c'était moi-même, moi, pas un autre, qui regardais ces mêmes herbes s'agiter – ces herbes maintenant qui pour l'odeur des foins sont flétries, comme toutes les choses coupées – ces herbes vivre, être vertes et blondes, se balancer au vent du soir. – Ah ! que ne revenir au temps où, couchés au bord des pelouses… l'herbe profonde accueillait notre amour.

Le gibier circulait sous les feuilles ; chacune de ses sentes était une avenue ; et quand je me penchais et regardais de près la terre, de feuille en feuille, de fleur en fleur, je voyais une multitude d'insectes.

Je connaissais l'humidité du sol à l'éclat du vert et à la nature des fleurs ; tel pré se constellait de marguerites ; mais les pelouses que nous préférions et dont profitait notre amour étaient toutes blanchies d'ombelles, les unes légères, les autres, celles de la grande berce, opaques et considérablement élargies. Vers le soir, elles semblaient, dans l'herbe devenue plus profonde, flotter, comme des méduses luisantes, libres, détachées de leur tige, soulevées par la brume montante.

*

La seconde porte est celle des greniers.

Monceaux de grains, je vous louerai. Céréales ; blés roux ; richesse dans l'attente ; inestimable provision.

Que notre pain s'épuise ! Greniers, j'ai votre clef. Monceaux de grains, vous êtes là. Serez-vous fous mangés avant que ma faim ne se lasse ? Dans les champs les oiseaux du ciel, dans les greniers les rats ; et tous les pauvres à nos tables... En reste-t-il jusqu'au bout de ma faim... ?

Grains, je garde de vous une poignée ; je la sème en mon champ fertile ; je la sème en la bonne saison ; un grain en produit cent, un autre mille...

Grains ! où ma faim abonde, grains ! vous aurez surabondé !

Blés qui poussez d'abord comme une petite herbe verte, dites quel épi jaunissant portera votre tige courbée !

Chaume d'or, aigrettes et gerbes – poignée de grains que j'ai semés...

<p style="text-align:center">*</p>

La troisième porte est celle de la laiterie :

Repos ! silence ; égouttement sans fin des claies où les fromages se rétrécissent ; tassement des mottes dans les manchons de métal ; par les jours de grande chaleur de juillet, l'odeur du lait caillé paraissait plus fraîche et plus fade... non, pas fade : mais d'une âcreté si discrète et si délayée qu'on ne la sentait qu'au fond des narines et déjà plutôt goût que parfum.

Baratte qu'on entretient de la plus grande propreté. Petits pains de beurre sur des feuilles de choux. Mains rouges de la fermière. Fenêtres toujours ouvertes, mais tendues de toiles de métal pour empêcher les chats et les mouches d'entrer.

Les jattes sont alignées, pleines de lait toujours plus jaune jusqu'à ce que toute la crème en soit montée. La crème affleure lentement ; elle se boursoufle et se ride et le petit lait s'en dépouille. Quand il s'en est complètement appauvri on enlève... (Mais, Nathanaël, je ne peux te raconter tout cela. J'ai un ami qui fait de l'agriculture et qui pourtant en parle merveilleusement ; il m'explique l'utilité de chaque chose et m'enseigne comme quoi même le petit lait n'est pas perdu.) (En Normandie on le donne aux porcs, mais il paraît qu'il y a mieux à en faire que ça.)

<p style="text-align:center">*</p>

La quatrième porte ouvre sur l'étable :

Elle est intolérablement tiède, mais les vaches sentent bon. Ah ! que ne suis-je au temps où, avec les enfants du fermier dont la chair en sueur sentait bon, au temps où nous courions entre les jambes des vaches ; nous cherchions des œufs dans les coins

des râteliers ; nous regardions, pendant des heures, les vaches ; nous regardions choir, éclater les bouses ; on pariait à celle qui fienterait la première, et un jour je m'enfuis terrifié parce que je crus qu'il y en avait une qui allait tout d'un coup faire un veau.

*

La cinquième porte est celle du fruitier :

Devant une baie de soleil, les raisins sont pendus à des ficelles ; chaque grain médite et mûrit, rumine en secret la lumière ; il élabore un sucre parfumé.

Poires. Amoncellement des pommes. Fruits ! j'ai mangé votre pulpe juteuse. J'ai rejeté les pépins sur la terre ; qu'ils germent ! pour nous redonner le plaisir.

Amande délicate ; promesse de merveille ; nucléole ; petit printemps qui dort en attendant. Graine entre deux étés ; graine par l'été traversée.

Nous songerons ensuite, Nathanaël, à la germination douloureuse (l'effort de l'herbe pour sortir du grain est admirable).

Mais émerveillons-nous à présent de ceci : chaque fécondation s'accompagne de volupté. Le fruit s'enveloppe de saveur ; et de plaisir toute persévérance à la vie.

Pulpe du fruit, preuve sapide de l'amour.

*

La sixième porte est celle du pressoir :

Ah ! que ne suis-je étendu, maintenant, sous le hangar – où la chaleur défaille – près de toi, parmi la pressure des pommes, parmi les âcres pommes pressurées. Nous chercherions, ah ! Sulamite ! si la volupté de nos corps, sur les pommes mouillées, est moins prompte à tarir, plus prolongée, sur les pommes, – soutenue par leur odeur sucrée…

Le bruit de la meule berce mon souvenir.

*

La septième porte ouvre sur la distillerie :

Pénombre ; foyer ardent ; machines ténébreuses. Le cuivre des bassines surgit.

Alambic ; sa suppuration mystérieuse précieusement recueillie, (j'ai vu de même recueillir la résine des pins, la gomme maladive des merisiers, le lait des figuiers élastiques, le vin des palmiers étêtés.) Fiole étroite ; toute une vague d'ivresse, en toi,

se concentre, déferle ; l'essence, avec tout ce qu'il y avait de délicieux, de puissant dans le fruit ; de délicieux et de parfumé dans la fleur.

Alambic : ah ! goutte d'or qui va suinter. (Il y en a de plus sapides que le jus concentré des cerises ; d'autres odorantes comme les prés.) Nathanaël ! c'est là vraiment une vision miraculeuse ; il semble que tout un printemps se soit ici tout concentré… Ah ! que mon ivresse à présent théâtralement le déploie. Que je boive, enfermé dans cette salle très obscure et dont je ne m'apercevrai plus – que je boive de quoi redonner à ma chair – et pour libérer mon esprit, – la vision de tout l'ailleurs que je souhaite…

<div align="center">*</div>

La huitième porte est celle des remises :

Ah ! j'ai brisé ma coupe d'or – je me réveille. L'ivresse n'est jamais qu'une substitution du bonheur. Calèches ! toute fuite est possible ; traîneaux, pays glacé, j'attelle à vous mes désirs.

Nathanaël, nous irons vers les choses : nous atteindrons successivement à tout. J'ai de l'or dans les fontes de ma selle ; dans mes coffres, des fourrures qui feraient presque aimer le froid. Roues, qui compterait vos tours dans la fuite ? Calèches, maisons légères, pour nos délices suspendues, que notre fantaisie vous enlève ! Charrues, que des bœufs sur nos champs vous promènent ! Creusez la terre comme un boutoir : le soc inemployé dans le hangar se rouille, et tous ces instruments… Vous toutes, possibilités oisives de nos êtres, en souffrance, attendant – attendant que s'attelle à vous un désir, – pour qui veut des plus belles contrées…

Qu'une poussière de neige nous suive, que soulèvera notre rapidité ! Traîneaux ! j'attelle à vous tous mes désirs…

<div align="center">*</div>

La dernière porte ouvrait sur la plaine.

LIVRE SIXIÈME

LYNCEUS

Zum sehen geboren, Zum schauen bestellt.

GŒTHE *(Faust,* II*)*

Commandements de Dieu, vous avez endolori mon âme. Commandements de Dieu, serez-vous dix ou vingt ?

Jusqu'où rétrécirez-vous vos limites ?

Enseignerez-vous qu'il y a toujours plus de choses défendues ?

De nouveaux châtiments promis à la soif de tout ce que j'aurai trouvé beau sur la terre ?

Commandements de Dieu, vous avez rendu malade mon âme,

Vous avez entouré de murs les seules eaux pour me désaltérer.

… Mais je me sens à présent, Nathanaël, plein de pitié pour les fautes délicates des hommes.

*

Nathanaël, je t'enseignerai que toutes choses sont divinement naturelles.

Nathanaël, je te parlerai de tout.

Je mettrai dans tes mains, petit pâtre, une houlette sans métal, et nous guiderons doucement, en tous lieux, des brebis qui n'ont encore suivi aucun maître.

Pâtre, je guiderai tes désirs vers tout ce qu'il y a de beau sur la terre.

Nathanaël, je veux enflammer tes lèvres d'une soif nouvelle, et puis approcher d'elles des coupes pleines de fraîcheur. J'ai bu ; je sais les sources où les lèvres se désaltèrent.

Nathanaël, je te raconterai les sources :

Il y a des sources qui jaillissent des rochers ;

Il y en a qu'on voit sourdre de sous les glaciers ;

Il y en a de si bleues qu'elles en ont l'air plus profondes. (À Syracuse, la Cyané, merveilleuse à cause de cela.

Source azurée ; vasque abritée ; éclosion d'eau entre des papyrus ; nous nous sommes penchés de la barque ; sur un gravier qui semblait de saphirs, des poissons d'azur naviguaient.

À Zaghouan, de la Nymphée jaillissent les eaux qui jadis abreuvaient Carthage.

À Vaucluse, l'eau sort de terre, abondante comme si elle coulait depuis longtemps ; c'est déjà presque un fleuve, et qu'on peut remonter sous la terre ; il traverse des grottes et s'imprègne de nuit. La lumière des torches vacille, est oppressée ; puis il y a un endroit tellement sombre qu'on se dit : Non, jamais je ne pourrai remonter plus avant.

Il y a des sources ferrugineuses, qui colorent somptueusement les rochers.

Il y a des sources sulfureuses, dont l'eau verte et chaude paraît d'abord empoisonnée ; mais, Nathanaël, lorsqu'on s'y baigne, la peau devient si suavement douce, qu'après elle est encore plus délicieuse à toucher.

Il y a des sources d'où s'essorent des brumes, au soir ; brumes qui flottent autour dans la nuit et qui, le matin, lentement se dissipent.

Petites sources très simples, étiolées entre les mousses et les joncs.

Sources où viennent laver les laveuses et qui font tourner des moulins.

Inépuisable provision ! jaillissement des eaux. Abondance de l'eau sous les sources ; réservoirs cachés ; vases déclos. La roche dure éclatera. La montagne se couvrira d'arbustes ; les pays arides se réjouiront et toute l'amertume du désert fleurira.

Plus de sources jaillissent de la terre que nous n'avons de soifs pour les boire.

Eaux sans cesse renouvelées ; vapeurs célestes qui retombent.

Si l'on manque d'eaux dans la plaine, que la plaine vienne boire aux montagnes – ou que des canaux souterrains portent l'eau des monts vers la plaine. – Irrigations prodigieuses de Grenade. – Réservoirs ; Nymphées. – Certes, il y a d'extraordinaires beautés dans les sources – d'extraordinaires délices à s'y baigner. Piscines ! Piscines ! nous sortirons de vous purifiés.

Comme le soleil dans l'aurore, La lune dans la rosée de la nuit,
Dans votre humidité courante
Nous laverons nos membres fatigués.

Il y a d'extraordinaires beautés dans les sources ; et les eaux qui filtrent sous la terre. Elles apparaissent après aussi claires que si elles avaient traversé du cristal ; il y a d'extraordinaires délices à les boire : elles sont pâles comme l'air, incolores comme si elles n'étaient pas, et sans goût ; on ne s'aperçoit d'elles que par leur excessive fraîcheur et

c'est comme leur vertu cachée. Nathanaël, as-tu compris qu'on puisse désirer les boire ?

Les plus grandes joies de mes sens Ç'ont été des soifs étanchées.

Je te dirai maintenant, Nathanaël, la

RONDE DE MES SOIFS ÉTANCHÉES

Car nous avons eu pour approcher des coupes pleines Des lèvres plus tendues que vers des baisers ;
Coupes pleines, si vite vidées.

Les plus grandes joies de mes sens
Ç'ont été des soifs étanchées…

*

Il est des boissons qu'on prépare Avec le jus des oranges pressurées, Des citrons, des limons,
Et qui rafraîchissent parce qu'elles sont À la fois acides et douceâtres.

J'ai bu dans des verres si minces
Qu'on pensait les briser avec sa bouche Avant même que les dents ne les touchent ;
Et les boissons semblent meilleures là-dedans, Car presque rien de nos lèvres ne les sépare.
J'ai bu dans des gobelets élastiques Qu'on pressait entre ses deux mains
Pour en faire monter le vin jusqu'à ses lèvres.

J'ai bu des sirops lourds dans de grossiers verres d'auberges,
Aux soirs des jours où j'avais marché sous le soleil ; Et parfois l'eau très froide des citernes
Me faisait mieux sentir, après, l'ombre du soir. J'ai bu de l'eau qu'on avait gardée dans des outres Et qui sentait la peau de chèvre goudronnée.

J'ai bu des eaux presque couché sur la rive Des ruisseaux où j'aurais voulu me baigner, Les deux bras nus plongeant dans l'eau vive
Jusqu'au fond, où l'on voit les cailloux blancs s'agiter… Et la fraîcheur m'entrait aussi par les épaules.

Les bergers buvaient l'eau dans leurs mains ; Je leur appris à l'aspirer avec des pailles.

Certains jours je marchais au grand soleil, L'été, durant les heures les plus chaudes, Cherchant de grandes soifs à pouvoir étancher.

Et vous souvenez-vous, mon ami, qu'une nuit, durant notre affreux voyage, nous nous sommes relevés, transpirants, pour boire à la cruche de terre, l'eau qu'elle avait faite glacée ?

Citernes, puits cachés où descendent des femmes. Eaux qui n'ont jamais vu la lumière ; goût de l'ombre. Eaux très aérées.

Eaux anormalement transparentes, et que je souhaitais apurées, ou mieux vertes, pour qu'elles me parussent plus gelées — et légèrement anisées.

Les plus grandes joies de mes sens Ç'ont été des soifs étanchées.

Non ! tout ce que le ciel a d'étoiles, tout ce qu'il y a de perles dans la mer, de plumes blanches au bord des golfes, je ne les ai pas encore toutes comptées.

Ni tous les murmures des feuilles ; ni tous les sourires de l'aurore ; ni tous les rires de l'été. Et maintenant encore que dirai-je ? Parce que ma bouche se tait, pensez-vous que mon cœur repose ?

Ô champs baignés d'azur ! Ô champs trempés de miel !

Les abeilles viendront, lourdes de cire…

J'ai vu des ports obscurs où l'aube était cachée derrière le treillis des vergues et des voiles ; le départ furtif des barques, au matin, entre les coques des grands navires. On se courbait pour passer sous les câbles tendus des amarres.

La nuit, j'ai vu partir des galions sans nombre, s'enfonçant dans la nuit, s'enfonçant vers le jour.

*

Ils ne sont pas si brillants que les perles ; ils ne sont pas si luisants que l'eau ; les cailloux du sentier pourtant brillent. Réceptions douces de la lumière dans les sentiers couverts où je marchais.

Mais de la phosphorescence, Nathanaël, ah ! que dirai-je ? La matière est infiniment poreuse à l'esprit, acceptante de toutes lois, obéissante !

transparente de part en part. Tu n'as pas vu les murs de cette cité musulmane rougir le soir, s'éclairer faiblement la nuit. Murs profonds où la lumière, durant le jour, s'est déversée ; murs blancs comme le métal, à midi (la lumière s'y thésaurise) ; dans la nuit vous sembliez la redire, la raconter très faiblement. – Cités, vous m'avez semblé transparentes ! vues de la colline, de là-bas, dans la grande ombre de la nuit enveloppante, vous luisiez, pareilles à ces creuses lampes d'albâtre, images d'un cœur religieux – pour la clarté qui les emplit, comme poreuses, et dont la lueur suppure autour, comme du lait.

Cailloux blancs des routes dans l'ombre ; réceptacles de clarté. Bruyères blanches dans les crépuscules des landes ; dalles de marbre des mosquées ; fleurs des grottes des mers, actinies… Toute blancheur est de la clarté réservée.

J'appris à juger tous les êtres à leur capacité de réception lumineuse ; certains qui dans le jour surent accueillir le soleil, m'apparurent ensuite, la nuit, comme des cellules de clarté. – J'ai vu des eaux coulant à midi dans la plaine qui, plus loin, sous les roches opaques glissées, y firent ruisseler des trésors amassés de dorures.

Mais, Nathanaël, je ne veux te parler ici que des *choses,* – non point de

L'INVISIBLE RÉALITÉ – car

… comme ces algues merveilleuses, lorsqu'on les sort de l'eau, ternissent…

ainsi… etc.

— L'infinie variété des paysages nous démontrait sans cesse que nous n'avions pas encore connu toutes les formes du bonheur, de méditation ou de tristesse qu'ils pouvaient envelopper. Je sais que, certains jours d'enfance, lorsque j'étais encore parfois triste, dans les landes de la Bretagne, ma tristesse parfois s'est soudain échappée de moi, tant elle se sentait comprise et reçue en le paysage – et qu'ainsi, devant moi, je la pouvais délicieusement regarder.

La perpétuelle nouveauté.

Il fait quelque chose de très simple, puis dit :

Je compris que *cela* n'avait jamais été ni fait, ni pensé, ni dit. – Et soudain, tout me parut d'une virginité parfaite. (Tout le passé du monde complètement absorbé dans le moment présent.)

*

Lever. – Dieu est ce qu'il faut le moins faire attendre, criais-je en me levant ; si tôt levé qu'on soit, on voit toujours de la vie qui circule ; plus tôt couchée, elle s'était moins que nous fait attendre.

Aurores vous étiez nos plus chères délices.
Printemps, aurores des étés ! Printemps de tous les jours, aurores ! Nous n'étions pas encore levés Lorsque les arcs-en-ciel parurent…
… et jamais assez matinales, Ou pas vespérales alors
Autant qu'il faudrait pour la lune…

Sommeils.

J'ai connu les sommeils de midi, l'été – les sommeils du milieu du jour – après le travail commencé de trop bonne heure ; les sommeils accablés.

Deux heures. – Enfants couchés. Silence étouffant. Possibilité de musique, mais n'en pas faire. Odeur des rideaux de cretonne. Jacinthes et tulipes. Lingerie.

Cinq heures. – Réveils en sueur ; cœur battant ; frissons ; tête légère ; disponibilité de la chair ; chair poreuse et que semble envahir trop délicieusement chaque chose. Soleil bas ; pelouses jaunes ; yeux éclos dans la fin du jour. Ô liqueur de la pensée vespérale ! Déroulement des fleurs du soir. Se laver le front d'eau tiède ; sortir… Espaliers ; jardins enclos de murs au soleil. Route ; animaux revenant des pâtis ; coucher de soleil inutile à voir – admiration déjà suffisante.

Rentrer. Reprendre le travail près de la lampe.

*

Nathanaël, que te dirai-je des couches ?

J'ai dormi sur les meules ; j'ai dormi dans les sillons des champs de blé ; j'ai dormi dans l'herbe, au soleil ; dans les greniers à foin, la nuit.

J'accrochais mon hamac aux branches des arbres ; j'ai dormi balancé par les flots ; couché sur le pont des navires ; ou sur les couchettes étroites des cabines, en face de l'œil stupide du hublot. Il y eut des couches où m'attendaient des courtisanes ; d'autres où j'attendais de jeunes garçons. Il y en avait tendues d'étoffes tellement molles qu'elles semblaient s'instrumenter, ainsi que mon corps, pour l'amour. J'ai dormi dans des camps, sur des planches, où le sommeil était comme une perdition. J'ai dormi dans des wagons en marche, sans me départir un instant du sentiment du mouvement.

Nathanaël, il y a d'admirables préparatifs au sommeil ; il y a d'admirables réveils ; mais il n'y a pas d'admirables sommeils, et je n'aime le rêve que tant que je le crois réalité. Car le plus beau sommeil ne vaut pas le moment où l'on se réveille.

Je pris l'habitude de dormir en face de ma fenêtre grande ouverte, et comme immédiatement sous le ciel. Dans les trop chaudes nuits de juillet, j'ai dormi complètement nu sous la lune ; dès l'aube le chant des merles me réveillait ; je me plongeais tout entier dans l'eau froide et m'enorgueillissais de commencer très tôt ma journée. Dans le Jura, ma fenêtre s'ouvrait au-dessus d'un vallon qui bientôt s'est empli de neige ; de mon lit, je voyais la lisière d'un bois ; des corbeaux y volaient, ou des corneilles ; de bon matin me réveillaient les clochettes des troupeaux ; près de ma maison était la fontaine où des vachers les menaient boire. Je me souviens de tout cela.

J'aimais, dans les auberges de Bretagne, le contact des draps rudes et de lessive qui sentait bon. À Belle-Isle, les chants des marins m'éveillaient ; je courais à ma fenêtre et voyais les barques s'éloigner ; puis je descendais vers la mer.

Il y a des habitations merveilleuses ; dans aucune je n'ai voulu longtemps demeurer. Peur des portes qui se referment, des traquenards. Cellules qui se reclosent sur de l'esprit. La vie nomade est celle des bergers. – (Nathanaël, je mettrai dans tes mains ma houlette et tu garderas mes brebis à ton tour. Je suis las. Toi tu partiras maintenant ; les pays sont tout grands ouverts et les troupeaux jamais rassasiés bêlent toujours après de nouvelles pâtures.)

Nathanaël, parfois me retinrent d'étranges demeures. Il y en eut au milieu des forêts ; il y en eut au bord des eaux ; il y en eut de spacieuses. Mais sitôt que, par habitude, je cessais de les remarquer, que je n'étais plus étonné d'elles, requis par l'offre des fenêtres, et que j'allais commencer à penser, je les quittais.

(Je ne peux t'expliquer, Nathanaël, ce désir exaspéré de nouveauté ; il ne me semblait point effleurer, déflorer aucune chose ; mais ma subite sensation était du premier coup si intense qu'elle ne s'augmentait ensuite par aucune répétition ; de sorte que, s'il m'arriva souvent de retourner aux mêmes villes, aux mêmes lieux, c'était pour y sentir un changement de jour ou de saison, plus sensible en des lignes connues ; et si, lorsque je vivais à Alger, je passai chaque fin de jour dans le même petit café maure, c'était pour percevoir l'imperceptible changement, d'un soir à l'autre, de chaque être, pour regarder le temps modifier, mais lentement, un même tout petit espace.)

À Rome, près du Pincio, au ras de la rue, par ma fenêtre grillée, pareille à celle d'une prison, des vendeuses de fleurs venaient me proposer des roses ; l'air en était tout embaumé. À Florence, je pouvais, sans quitter ma table, voir le jaune Arno débordé. Sur les terrasses de Biskra, Meriem venait au clair de lune, dans l'immense silence de la nuit. Elle était enveloppée tout entière d'un grand haïk blanc déchiré qu'elle laissait tomber en riant sur le pas de la porte vitrée ; dans ma chambre l'attendaient des friandises. À Grenade, ma chambre avait, sur la cheminée, au lieu de flambeaux, deux pastèques. À Séville, il y a des *patios ;* ce sont des cours de marbre pâle, pleines d'ombre et de fraîcheur d'eau ; d'eau qui coule, ruisselle et fait au milieu de la cour un clapotis dans une vasque.

Un mur, épais contre le vent du Nord, poreux à la lumière du Midi ; une maison roulante, voyageuse, transparente à toutes les faveurs du Midi… Que serait une chambre pour nous, Nathanaël ? Un abri dans un paysage.

*

Je te parlerai des fenêtres encore : à Naples, des causeries sur les balcons, des rêveries, le soir, près des robes claires des femmes ; les rideaux à moitié retombés nous isolaient de la société bruyante du bal. Il y eut des paroles échangées, d'une si désolante délicatesse qu'après on restait quelque temps sans parler ; puis montait du jardin l'intolérable parfum des fleurs d'orangers, et le chant des oiseaux des nuits d'été ; et puis ces oiseaux mêmes, par instants, se taisaient ; alors on entendait très faiblement le bruit des vagues.

Balcons ; corbeilles de glycines et de roses ; repos du soir ; tiédeur.

(Ce soir une bourrasque lamentable sanglote et ruisselle contre ma vitre ; je m'efforce de la préférer à tout.)

*

Nathanaël, je te parlerai des villes :

J'ai vu Smyrne dormir comme une petite fille couchée ; Naples, comme une lascive baigneuse, et Zaghouan, comme un berger kabyle, dont l'approche de l'aube a fait rougir les joues. Alger tremble d'amour au soleil, et se pâme d'amour dans la nuit.

J'ai vu, dans le Nord, des villages endormis au clair de lune ; les murs des maisons étaient alternativement bleus et jaunes ; autour d'eux s'étendait la plaine ; dans les champs traînaient d'énormes meules de foin. On sort dans la campagne déserte ; on rentre dans le village endormi.

Il y a des villes et des villes ; parfois on ne sait pas ce qui a pu les bâtir là. – Oh ! villes d'Orient, du Midi ; villes aux toits plats, blanches terrasses, où, la nuit, les folles femmes viennent rêver. Plaisirs ; fêtes d'amour ; lampadaires des places, qui font, quand on les voit des collines voisines, comme une phosphorescence dans la nuit.

Villes d'Orient ! fête embrasée ; rues qu'on appelle là-bas des *rues saintes*, où les cafés sont pleins de courtisanes, et où des musiques trop aiguës les font danser. Les Arabes vêtus de blanc y circulent, et des enfants – qui me semblaient beaucoup trop jeunes, dis ? pour connaître déjà l'amour. (Il y en eut dont les lèvres étaient plus chaudes que les petits oiseaux couvés.)

Villes du Nord ! débarcadères ; usines ; villes dont la fumée cache le ciel. Monuments ; tours mobiles ; présomption des arcs. Cortèges cavalcadants dans les avenues ; foule empressée. Asphalte luisante après la pluie ; boulevard où les marronniers s'alanguissent ; femmes toujours vous attendant. Il y avait des nuits, des nuits tellement molles qu'au moindre appel je me serais senti défaillir.

Onze heures. – Clôture ; strident bruit des volets de fer. Cités. La nuit, dans les rues solitaires, quand j'y passais, des rats, très vite, regagnaient les égouts. On voyait, par les soupiraux des caves, des hommes à moitié nus faire le pain.

*

– Ô cafés ! – où notre démence s'est continuée très avant dans la nuit ; l'ivresse des boissons et des paroles enfin venait à bout du sommeil. Cafés ! il y en avait de pleins de peintures et de glaces, riches, et où l'on ne voyait rien que des gens très élégants ; d'autres, petits, où l'on chantait des couplets comiques et où des femmes, pour danser, relevaient très haut leurs jupons.

En Italie, il y en avait qui se répandaient sur les places, les soirs d'été, et où l'on prenait de bonnes glaces au citron. En Algérie, il y en avait un où l'on fumait du kief et où je faillis me faire assassiner ; l'an d'après, il était fermé par la police ; car il n'y venait que des gens suspects.

Cafés encore… Ô ! cafés maures ! – parfois un poète conteur y raconte longuement une histoire ; que de nuits suis-je venu, sans le comprendre, l'écouter !… Mais à tous, certes, je te préfère, lieu de silence et de fin de journées, petit café de Bab el Derb, hutte de terre, à la limite de l'Oasis, car, plus loin, tout le désert commençait – d'où je voyais, après un jour plus haletant, une nuit plus pacifique descendre. Près de moi, s'extasiait un monotone jeu de flûte. – Et je songe à toi, petit café de Shiraz, café que célébrait Hafiz ; Hafiz, ivre du vin de l'échanson et d'amour, silencieux, sur la terrasse où l'atteignent des roses, Hafiz qui, près de l'échanson endormi, attend, en composant des vers, attend le jour toute la nuit.

(Je voudrais être né dans un temps où n'avoir à chanter, poète, que, simplement en les dénombrant, toutes les choses.

Mon admiration se serait posée successivement sur chacune et sa louange l'eût démontrée ; c'en eût été la raison suffisante.)

*

Nathanaël, nous n'avons pas encore ensemble regardé les feuilles. Toutes les courbes des feuilles…

Feuillages des arbres ; grottes vertes, percées d'issues ; fonds déplaçables aux moindres brises ; mouvance ; remous des formes ; parois déchiquetées ; monture élastique des branches ; balancement arrondi ; lamellicules et alvéoles…

Branches inégalement agitées… c'est parce que l'élasticité diverse des brindilles, faisant diverse leur force de résistance au vent, fait diverse aussi l'impulsion que le vent leur donne… etc.

– Passons à un autre sujet… Lequel ? – Puisque pas de composition, il ne faudrait ici pas de choix… Disponible ! Nathanaël, disponible !

– et par une attention subite, *simultanée* de tous les sens, arriver à faire (c'est difficile à dire) du sentiment même de sa vie, la sensation concentrée de tout l'attouchement du dehors… (ou réciproquement). – J'y suis ; là, j'occupe ce trou, où s'enfoncent :

dans mon oreille : ce bruit continu de l'eau ; grossi, puis apaisé, de ce vent dans ces pins ; intermittent, des sauterelles, etc.

dans mes yeux : l'éclat de ce soleil dans le ruisseau ; le mouvement de ces pins… (tiens, un écureuil)… de mon pied, qui fait un trou dans cette mousse, etc.

dans ma chair : (la sensation) de cette humidité ; de cette mollesse de mousse ; (ah ! quelle branche me pique ?…) de mon front dans ma main ; de ma main sur mon front, etc.

dans mes narines :… (chut ! l'écureuil s'approche), etc.

Et tout cela *ensemble*, etc., en un petit paquet ; – c'est la vie ; – est-ce tout ? – Non ! il y a toujours d'autres choses encore.

Crois-tu donc que je ne suis qu'un rendez-vous de sensations ? – Ma vie c'est toujours : CELA, plus moi-même. – Une autre fois je te parlerai de *moi-même*. Je ne te dirai pas non plus aujourd'hui la

RONDE DES DIFFÉRENTES FORMES DE L'ESPRIT

ni la

RONDE DES MEILLEURS AMIS

et ni la

BALLADE DE TOUTES LES RENCONTRES

où se trouvaient ces phrases entre autres :

À, Côme, à Lecco, les raisins étaient mûrs. Je montais sur une énorme colline où d'anciens châteaux s'effondraient. Là, les raisins avaient une odeur si sucrée qu'elle m'en était incommode ; elle pénétrait comme un goût jusqu'à l'arrière-fond des narines, et d'en manger après ne m'était plus d'aucune révélation particulière – mais j'avais si soif et si faim que quelques grappes suffirent à m'enivrer.

… Mais dans cette ballade je parlais surtout des hommes et des femmes et si je ne te la dis pas maintenant c'est que, dans ce livre, je ne veux pas faire de personnalités. Car, as-tu remarqué que dans ce livre il n'y avait *personne*. Et même moi, je n'y suis rien que Vision. Nathanaël, je suis le gardien de la tour, Lyncéus. Assez longtemps avait duré la nuit. Du haut de la tour je criais tant vers vous, aurores ! jamais trop radieuses aurores !

J'ai gardé jusqu'à la fin de la nuit l'espoir d'une nouveauté de lumière ; maintenant je n'y vois pas encore, mais j'espère ; je sais de quel côté l'aube poindra.

Certes, tout un peuple s'apprête ; du haut de la tour j'entends une rumeur dans les rues. Le jour naîtra ! le peuple en fête déjà marche au-devant du soleil.

— Que dis-tu de la nuit ? Que dis-tu de la nuit, sentinelle?

— Je vois une génération qui monte, et je vois une génération qui descend. Je vois une énorme génération qui monte, qui monte tout armée, tout armée de joie vers la vie.

Du haut de la tour que vois-tu ? Que vois-tu, Lyncéus, mon frère ?

Hélas ! Hélas ! laisse pleurer l'autre prophète ; la nuit vient et le jour aussi.

Leur nuit vient, notre jour aussi. Et que qui veut dormir s'endorme. Lyncéus ! Descends de ta tour, à présent. Le jour naît. Descends dans la plaine. Regarde de plus près chaque chose. Lyncéus, viens ! approche-toi. Voici le jour et nous y croyons.

LIVRE SEPTIÈME

Quid tum si fuscus Amyntas.

VIRGILE

Traversée. Février 1895.

Départ de Marseille.

Vent violent ; air splendide. Tiédeur précoce ; balancement des mâts.

Mer glorieuse, empanachée. Vaisseau conspué par les flots. Impression dominante de gloire. Souvenir de tous les départs passés.

Traversée.

Que de fois ai-je attendu l'aube…

… sur une mer découragée…

et j'ai vu venir l'aube, sans que la mer en soit calmée. Sueur aux tempes. Faiblesses. Abandons.

Nuit sur mer.

Mer acharnée. Ruissellements sur le pont. Trépignements de l'hélice…

Ô ! sueur d'angoisse !

Un oreiller sous ma tête brisée…

Ce soir la lune sur le pont était pleine et splendide – et je n'étais pas là pour la voir.

– Attente de la vague. – Éclat subit de la masse d'eau ; suffocations ; regonflements ; rechutes. – Inertie de moi : qu'y suis-je ? – Un bouchon – un pauvre bouchon sur les flots.

Abandon à l'oubli des vagues ; volupté du renoncement ; être une chose.

Fin de la nuit.

On lave le pont dans le matin trop frais, avec l'eau de la mer qu'on hisse dans des seaux ; aération. – De ma cabine j'entends le bruit des brosses de chiendent sur le bois. Chocs énormes. – J'ai voulu ouvrir le hublot. Bouffée trop forte d'air marin sur le front et les tempes en sueur. J'ai voulu refermer le hublot… Couchette ; y retomber. Ah ! tous ces chavirements horribles avant le port ! Carrousel des reflets et des ombres sur la paroi de la cabine blanche. Exiguïté.

Mon œil lassé de voir…

Avec une paille, je suce cette limonade glacée…

Se réveiller après sur la terre nouvelle, comme d'une convalescence… – Des choses non rêvées.

*

Se réveiller au matin sur une plage ; Avoir été bercé toute la nuit par les flots.

<div align="right">

Alger.

</div>

 Les plateaux où viennent se reposer les collines ; Les couchants où s'évanouissent les jours ;
 Les plages où viennent déferler les marines ;
 Les nuits où viennent s'endormir nos amours…
 La nuit viendra vers nous comme une rade immense ; Les pensers, les rayons, les oiseaux mélancoliques Viendront s'y reposer de la clarté du jour ;
 Dans les halliers où se tranquillise toute l'ombre… Et l'eau calme des prés, les sources pleines d'herbes.

 … Puis, au retour des longs voyages.
 Les rivages calmés, – les navires au port. Nous verrons sur les flots qui se sont apaisés
 Dormir l'oiseau nomade et la barque amarrée – Le soir venu vers nous ouvrir sa rade immense De silence et d'amitié.
 – Voici l'heure où tout dort. –

<div align="right">

Mars 1895.

</div>

Blidah ! Fleur du Sahel ! dans l'hiver sans grâce et fanée, au printemps tu m'as paru belle. Ce fut un matin pluvieux ; un ciel indolent, doux et triste ; et les parfums de tes arbres en fleurs erraient dans tes longues allées. Jet d'eau de ton calme bassin ; au loin les clairons des casernes.

Voici l'autre jardin, bois délaissé, où luit faiblement sous les oliviers la mosquée blanche. – Bois sacré ! ce matin vient s'y reposer ma pensée infiniment lasse, et ma chair épuisée d'inquiétude d'amour. De vous avoir vues l'autre hiver, je n'avais pas idée, lianes, de vos floraisons merveilleuses. Glycines violettes entre les branches balancées, grappes

comme des encensoirs penchées, et pétales tombés sur l'or du sable de l'allée. Bruits de l'eau ; bruits mouillés, clapotis au bord du bassin ; oliviers géants, spirées blanches, bosquets de lilas, touffe d'épines, buissons de roses ; y venir seul et s'y souvenir de l'hiver, et s'y sentir si las que le printemps, hélas ! même ne vous étonne ; et même désirer plus de sévérité, car tant de grâce, hélas ! invite et rit au solitaire, et ne se peuple que de désirs, cortège obséquieux dans les vides allées. Et malgré les bruits d'eau dans ce bassin trop calme, autour, le silence attentif indique par trop les absences.

*

Je sais la source où j'irai rafraîchir mes paupières, Le bois sacré ; je connais le chemin,

Les feuilles, la fraîcheur de cette clairière ; J'irai, le soir, quand tout saura s'y taire

Et que déjà la caresse de l'air

Nous invitera plus au sommeil qu'à l'amour. Source froide où toute la nuit va descendre. Eau de glace où le matin transparaîtra Grelottant de blancheur. Source de pureté.

N'est-ce pas que je vais retrouver dans l'aurore Lorsqu'elle paraîtra

La saveur qu'elle avait quand j'y voyais encore Avec étonnement les clartés et les choses ?... Quand j'y viendrai laver mes paupières brûlées.

Lettre à Nathanaël.

Tu n'imagines pas, Nathanaël, ce que peut devenir enfin cet abreuvement de lumière ; et la sensuelle extase que donne cette persistante chaleur… Une branche d'olivier dans le ciel ; le ciel au-dessus des collines ; un chant de flûte à la porte d'un café… Alger semblait si chaude et pleine de fêtes que j'ai voulu la quitter pour trois jours ; mais à Blidah, où je me réfugiais, j'ai trouvé les orangers tout en fleurs…

Je sors dès le matin ; je me promène ; je ne regarde rien et vois tout ; une symphonie merveilleuse se forme et s'organise en moi des sensations inécoutées. L'heure passe ; mon émoi s'alentit, comme la marche du soleil moins verticale se fait plus lente. Puis je choisis, être ou chose, de quoi m'éprendre, – mais je le veux mouvant, car mon émotion, sitôt fixée, n'est plus vivante. Il me semble alors à chaque instant nouveau n'avoir encore rien vu, rien goûté. Je m'éperds dans une désordonnée poursuite de choses fuyantes. Je courus hier au haut des collines qui dominent Blidah, pour voir un peu plus longtemps le soleil ; pour voir

se coucher le soleil et les nuages ardents colorer les terrasses blanches. Je surprends l'ombre et le silence sous les arbres ; je rôde dans la clarté de la lune ; j'ai la sensation souvent de nager, tant l'air lumineux et chaud m'enveloppe et mollement me soulève.

… Je crois que la route que je suis est *ma* route, et que je la suis comme il faut. Je garde l'habitude d'une vaste confiance qu'on appellerait de la foi, si elle était assermentée.

Biskra.

Des femmes attendaient sur le pas des portes ; derrière elles un escalier droit grimpait. Elles étaient assises, là, sur le pas des portes, graves, peintes comme des idoles, coiffées d'un diadème de pièces de monnaie. La nuit, cette rue s'animait. Au haut des escaliers brûlaient des lampes ; chaque femme restait assise dans cette niche de lumière que la cage de l'escalier lui faisait ; leur visage restait dans l'ombre sous l'or du diadème qui brillait ; et chacune semblait m'attendre, m'attendre spécialement ; pour monter, on ajoutait une piécette d'or au diadème ; en passant, la courtisane éteignait les lampes ; on entrait dans son étroit appartement ; on buvait du café dans de petites tasses ; puis on forniquait sur des espèces de divans bas.

*

Jardins de Biskra.

Tu m'écrivais, Athman : « Je garde les troupeaux sous les palmiers qui vous attendent. Vous reviendrez ! le printemps sera dans les branches : nous nous promènerons et nous n'aurons plus de pensées… »

– Tu n'iras plus, Athman, sous les palmiers, gardeur de chèvres, m'attendre et voir si n'arrive pas le printemps. Je suis venu ; le printemps a paru dans les branches ; nous nous promenons et nous n'avons plus de pensées.

Jardins de Biskra.

Le temps gris d'aujourd'hui ; mimosas parfumés. Tiédeur mouillée. Des gouttes épaisses ou larges, flottantes, et comme en formation dans l'air… Elles s'arrêtent aux feuilles, les chargent, puis tombent brusquement.

... Je me souviens d'une pluie d'été ; – mais était-ce encore de la pluie ? – ces gouttes tièdes qui tombèrent, si larges et pesantes, sur ce jardin de palmes et de jour vert et rose, si lourdes que des feuilles et des fleurs et des branches roulèrent comme un don amoureux de guirlandes défaites à foison sur les eaux. Les ruisseaux entraînaient les pollens pour des fécondations lointaines ; leurs eaux étaient troubles et jaunes. Dans les bassins les poissons se pâmaient. On entendait au ras de l'eau l'éclosion de la bouche des carpes.

Avant la pluie, le vent du midi qui râlait avait enfoncé dans la terre une très profonde brûlure, et les allées maintenant s'emplissaient de vapeur sous les branches ; les mimosas ployaient, comme abritant les bancs où s'étalait la fête. – C'était un jardin de délices ; et les hommes vêtus de lainages, les femmes en haïks rayés, attendaient que l'humidité les pénétrât. Ils restaient comme auparavant sur les bancs, mais toutes les voix s'étaient tues, et chacun écoutait les gouttes de l'averse, laissant l'eau, passagère au milieu de l'été, alourdir les étoffes et laver les chairs proposées. – La moiteur de l'air, l'importance des feuilles étaient telles que je restais assis sur ce banc auprès d'eux, sans résistance pour l'amour. – Et quand, la pluie passée, les branches seules ruisselèrent, alors chacun ôtant ses souliers, ses sandales, palpa de ses pieds nus cette terre mouillée, dont la mollesse était voluptueuse.

*

Entrer dans un jardin où ne se promène personne ; deux enfants vêtus de laine blanche m'y conduisent. Jardin très long au fond duquel une porte s'ouvre. Arbres plus grands ; le ciel plus bas s'accroche aux arbres. – Les murs. – Villages entiers sous la pluie. – Et là-bas, les montagnes ; ruisseaux en formation ; nourriture des arbres ; fécondation grave et pâmée ; arômes voyageurs.

Ruisseaux couverts ; canaux (feuilles et fleurs mêlées) – qu'on appelle « seghias » parce que les eaux y sont lentes.

Piscines de Gafsa aux charmes dangereux : – *Nocet cantantibus umbra.* – La nuit est maintenant sans nuages, profonde, à peine vaporeuse.

(L'enfant très beau, vêtu de laine blanche à la manière des Arabes, s'appelait « Azous », ce qui veut dire : le bien-aimé. Un autre s'appelait « Ouardi », ce qui veut dire qu'il était né dans la saison des roses.)

> – *Et des eaux tièdes comme l'air,*
> *Où nos lèvres se sont trempées...*

Une eau sombre, qui dans la nuit ne nous paraissait pas distincte – jusqu'à ce que la lune l'argentât. Elle sembla naître entre les feuilles, et des bêtes de nuit s'y agitèrent.

<div align="center">*</div>

<div align="right">*Biskra – au matin.*</div>

Dès l'aube, sortir – jaillir, – dans l'air tout renouvelé.
Une branche de laurier-rose vibrera dans le matin frissonnant.

<div align="right">*Biskra – au soir.*</div>

Dans cet arbre il y avait des oiseaux qui chantaient. Ils chantaient, ah ! plus fort qu'oiseaux, eussé-je cru, pussent chanter. Il semblait que l'arbre même criât – qu'il criât de toutes ses feuilles, – car on ne voyait pas les oiseaux. Je pensais : ils vont en mourir ; c'est une passion trop forte ; mais qu'est-ce qu'ils ont donc ce soir ? Est-ce donc qu'ils ne savent point qu'après la nuit un nouveau matin va renaître ? Ont-ils peur de dormir toujours ? Veulent-ils s'épuiser d'amour en un soir ? comme si dans une nuit infinie il fallait après qu'ils demeurent. Courte nuit de la fin du printemps ! – ah ! joie que l'aube d'été les réveille, et tellement qu'ils ne se souviendront de leur sommeil que juste assez pour, le soir suivant, avoir un peu moins peur d'y mourir.

<div align="right">*Biskra – la nuit.*</div>

Buissons silencieux ; mais le désert autour vibre du chant d'amour des sauterelles.

<div align="center">*</div>

<div align="right">*Chetma.*</div>

Allongement des jours. – S'étendre là. Les feuilles des figuiers se sont encore élargies ; elles parfument les mains qui les froissent ; leur tige pleure du lait.

Recrudescence de la chaleur. – Ah ! voici venir le troupeau de mes chèvres ; j'entends la flûte du berger que j'aime. Viendra-t-il ? Ou si c'est moi qui m'approcherai ?

Lenteur des heures. – Encore une grenade sèche de l'an passé pend à la branche ; elle est complètement éclatée, racornie ; à cette même

branche déjà des boutons de fleurs nouvelles se gonflent. Des tourterelles passent entre les palmes. Les abeilles s'activent dans la prairie.

(Je me souviens, près de l'Enfida, d'un puits où descendaient de belles femmes ; non loin, un immense rocher gris et rose ; sa cime, m'a-t-on dit, est hantée des abeilles ; oui, des peuples d'abeilles y bourdonnent ; leurs ruches sont dans le rocher. Quand vient l'été, les ruches, crevées de chaleur, abandonnent le miel qui, le long du rocher, s'épanche ; les hommes de l'Enfida viennent et le recueillent.) – Berger, viens ! – (Je mâche une feuille de figue.)

Été ! coulure d'or ; profusion ; splendeur de la lumière accrue ; immense débordement de l'amour ! Qui veut goûter du miel ? Les cellules de cire ont fondu.

Et ce que je vis de plus beau ce jour-là, ce fut un troupeau de brebis que l'on ramenait à l'étable. Leurs petits pieds pressés faisaient le grésillement d'une averse ; le soleil se couchait au désert et elles soulevaient de la poussière.

Oasis ! Elles flottaient sur le désert comme des îles ; de loin, la verdeur des palmiers promettait la source où leurs racines s'abreuvaient ; parfois elle était abondante et des lauriers-roses s'y penchaient. – Ce jour-là, vers dix heures, lorsque nous y arrivâmes, je refusai d'abord d'aller plus loin ; le charme des fleurs de ces jardins était tel que je ne voulais plus les quitter. – Oasis ! (Ahmet me dit que la suivante était beaucoup plus belle.)

*

Oasis. La suivante était beaucoup plus belle, plus pleine de fleurs et de bruissements. Des arbres plus grands se penchaient sur de plus abondantes eaux. C'était midi. Nous nous baignâmes. – Puis il nous fallut aussi la quitter.

*

Oasis. De la suivante que dirai-je ? Elle était encore plus belle et nous y attendîmes le soir.

Jardins ! je redirai pourtant quelles étaient avant le soir vos accalmies délicieuses. Jardins ! Il y en eut où l'on aurait cru se laver ; il y en eut qui n'étaient plus que comme un verger monotone où mûrissaient des abricots ; d'autres pleins de fleurs et d'abeilles, où des parfums

rôdaient, si forts qu'ils eussent tenu lieu de mangeaille et nous grisaient autant que des liqueurs.

Le lendemain je n'aimai plus que le désert.

Oumach.

Il y eut cette oasis dans la roche et le sable, où nous entrâmes à midi, et par des flammes tellement chaudes que le village exténué ne semblait même pas nous attendre. Les palmiers ne se penchèrent point. Les vieillards causaient au creux des portes ; les hommes étaient assoupis ; les enfants jasaient à l'école ; les femmes, on ne les voyait pas.

Rues de ce village de terre, roses au jour, violettes au coucher ; désertes à midi, vous vous animerez au soir ; alors les cafés vont s'emplir, les enfants sortir de l'école, les vieillards causer encore au pas des portes, les rayons s'assoupir et les femmes, montées sur les terrasses et dévoilées, comme des fleurs, se raconter longuement leur ennui.

Cette rue d'Alger, vers midi, s'emplissait d'une odeur d'anisette et d'absinthe. Dans les cafés maures de Biskra l'on ne buvait que du café, de la limonade ou du thé. Thé arabe ; douceur poivrée ; gingembre ; boisson évoquant un Orient plus excessif encore et plus extrême – et fade ; – impossible de boire jusqu'au fond des tasses.

Sur la place de Touggourt il y avait des marchands d'aromates. Nous leur achetâmes différentes sortes de résines. On reniflait les unes. On mâchait les autres ; les autres se brûlaient. Celles qui se brûlaient avaient souvent la forme de pastilles ; elles répandaient, allumées, une abondance de fumée âcre où se mêlait un très subtil parfum ; leur fumée aide à provoquer les extases religieuses et ce sont elles que l'on brûle dans les cérémonies des mosquées.

Celles que l'on mâchait emplissaient aussitôt la bouche d'amertume et poissaient désagréablement les dents ; longtemps après qu'on les avait crachées la saveur en durait encore. Celles que l'on sentait, se sentaient simplement.

Chez le marabout de Témassine, à la fin du repas on nous offrit des gâteaux aux parfums. Ils étaient ornés de feuilles d'or, gris ou roses, et semblaient faits de mie de pain tripotée. Ils s'effritaient comme du sable dans la bouche ; mais j'y trouvais pourtant un certain agrément. Les

uns sentaient la rose ; les autres la grenade, d'autres semblaient complètement éventés. – Dans ces repas il était impossible d'arriver à l'ivresse autrement qu'à force de fumer. On passait des plats en quantité fastidieuse et la conversation variait à chaque détour des plats. – Ensuite, un nègre versait sur vos doigts l'eau aromatisée d'une aiguière ; l'eau retombait dans un bassin. Et c'est aussi ainsi que les femmes, là-bas, vous lavent après l'amour.

Touggourt.

Arabes campés sur la place ; feux qui s'allument ; fumées presque invisibles dans le soir.

– Caravanes ! – Caravanes venues le soir ; caravanes parties le matin ; caravanes horriblement lasses, ivres de mirages, et maintenant désespérées ! Caravanes ! que ne puis-je partir avec vous, caravanes !

Il y en avait qui partaient vers l'Orient, chercher le santal et les perles, les gâteaux au miel de Bagdad, les ivoires, les broderies.

Il y en avait qui partaient vers le sud chercher l'ambre et le musc, la poudre d'or et les plumes d'autruches.

Il y en avait vers l'Occident, qui partaient le soir, et qui se perdaient dans l'éblouissement dernier du soleil.

J'ai vu revenir les caravanes harassées ; les chameaux s'agenouillaient sur les places ; on déchargeait enfin leur fardeau. C'étaient des ballots en toile épaisse et on ne savait pas ce qu'il pouvait y avoir dedans. D'autres chameaux portaient des femmes, cachées dans une sorte de palanquin. D'autres portaient le matériel des tentes et on déployait cela pour le soir. – Ô fatigues splendides, immenses, dans l'incommensurable désert !

— Des feux s'allument sur les places, pour le repas du soir.

*

Que de fois, ah ! levé dès l'aube et vers l'Orient empourpré, plus plein de rayons qu'une gloire – que de fois, à la limite de l'oasis, où les derniers palmiers s'étiolaient, la vie ne triomphant plus du désert – comme penché vers cette source de lumière, déjà trop éclatante et insoutenable aux regards, ai-je tendu vers toi mes désirs, vaste plaine, de lumière tout inondée – de torride chaleur… Quelle extase assez exaltée, quel assez violent amour, assez ardent pour vaincre l'ardeur du désert ?

Âpre terre ; terre sans bonté, sans douceur ; terre de passion, de fer-
veur ; terre aimée des prophètes – ah ! douloureux désert, désert de
gloire, je t'ai passionnément aimé.

J'ai vu, sur les chotts pleins de mirages, la croûte de sel blanc pren-
dre l'apparence de l'eau. – Que l'azur du ciel s'y reflète, je le comprends
– chotts azurés comme la mer – mais pourquoi – touffes de joncs, et
plus loin falaises de schiste en ruine – pourquoi ces apparences flot-
tantes de barque et plus loin ces apparences de palais ? – toutes ces
choses déformées et sur cette imaginaire profondeur d'eau suspendues.
(L'odeur du bord du chott était nauséabonde ; c'était une marne hor-
rible, mêlée de sel et brûlante.)

J'ai vu sous l'oblique rayon du matin les monts d'Amar Khadou
devenir roses et sembler une matière embrasée.

J'ai vu le vent soulever du fond de l'horizon le sable et faire haleter
l'oasis. Elle paraissait n'être plus qu'un navire épouvanté par l'orage ;
elle était bouleversée par le vent. Et dans les rues du petit village, d'in-
tense soif de fièvre les maigres hommes nus se tordaient.

J'ai vu le long des routes désolées des carcasses de chameaux blan-
chir ; – chameaux abandonnés des caravanes, trop las et qui ne
pouvaient plus se traîner, qui pourrissaient d'abord, couverts de
mouches, en dégageant d'épouvantables puanteurs.

J'ai vu des soirs que ne racontaient pas d'autres chants que le cris-
sement aigu des insectes.

– Je veux parler encore du désert :
Désert d'alfa, plein de couleuvres : plaine verte ondulant au vent.
Désert de pierre ; aridité ; des schistes brillent ; des cicindèles volè-
tent ; des joncs sèchent ; tout crépite au soleil.
Désert d'argile ; ici tout pourrait vivre si seulement coulait un peu
d'eau. Dès la pluie tout verdit ; encore que la terre trop sèche semble
déshabituée du sourire, l'herbe y semble plus tendre et plus embau-
mante qu'ailleurs. Elle se hâte encore plus de fleurir, d'embaumer, par
crainte que le soleil ne la fane avant qu'elle ait atteint sa graine ; ses
amours sont précipitées. Le soleil revient ; la terre se craquèle, s'effrite,
laisse s'échapper l'eau de toutes parts ; terre affreusement crevassée ;

aux grandes pluies toute l'eau fuit dans les ravines ; terre narguée et impuissante à retenir ; terre désespérément altérée.

Désert de sable. – Sables mouvants comme les flots de la mer ; dunes sans cesse déplacées ; des espèces de pyramides guident de loin en loin les caravanes ; monté sur le sommet de l'une, au bout de l'horizon on aperçoit le sommet d'une autre.

Quand le vent souffle, la caravane s'arrête ; les chameliers se mettent à l'abri des chameaux.

<center>*</center>

Désert de sable – vie exclue ; il n'y a plus là que la palpitation du vent, de la chaleur. Le sable se veloute délicatement dans l'ombre ; s'embrase au soir et paraît de cendre au matin. Il y a des vallées toutes blanches entre les dunes ; nous y passions à cheval ; le sable se refermait après nos pas ; de fatigue, à chaque dune nouvelle, on pensait qu'on ne pourrait pas la franchir.

Je t'aurai passionnément aimé, désert de sable. Ah ! que ta plus petite poussière redise en son seul lieu une totalité de l'univers ! – De quelle vie te souviens-tu, poussière ? désagrégée de quel amour ? – La poussière veut qu'on la loue.

Mon âme, qu'avez-vous vu sur le sable ? Des os blanchis – des coquilles vidées…

Un matin, nous arrivâmes près d'une dune assez haute pour nous abriter du soleil. Nous nous assîmes. L'ombre était presque fraîche et des joncs y croissaient avec délicatesse.

Mais de la nuit, de la nuit, que dirai-je ? C'est une navigation lente.

Les flots sont moins bleus que les sables. Ils étaient plus lumineux que le ciel.

– Je sais tel soir où chaque étoile, une à une, m'a paru particulièrement belle.

Saül, dans le désert, à la recherche des ânesses – tu ne les retrouvas pas, tes ânesses – mais bien la royauté que tu ne cherchais pas.

Joie d'alimenter sur soi de la vermine. La vie était pour nous

SAUVAGE ET DE SAVEUR SUBITE

et j'aime que le bonheur soit ici,
comme une efflorescence sur de la mort.

LIVRE HUITIÈME

Nos actes s'attachent à nous comme sa lueur au phosphore ;
ils font notre splendeur, il est vrai,
mais ce n'est que par notre usure.

Mon esprit, vous vous êtes extraordinairement exalté, durant vos fabuleuses promenades !

Ô mon cœur ! Je vous ai largement abreuvé. Ma chair, je vous ai soûlée d'amour.

C'est en vain que maintenant, reposé, je tâche de compter ma fortune. Je n'en ai point.

Je cherche parfois dans le passé quelque groupe de souvenirs, pour m'en former enfin une histoire, mais je m'y méconnais, et ma vie en déborde. Il me semble ne vivre aussitôt que dans un toujours neuf instant. Ce que l'on appelle : se recueillir, m'est une contrainte impossible ; je ne comprends plus le mot : *solitude ;* être seul en moi, c'est n'être plus personne ; je suis peuplé. – D'ailleurs je ne suis chez moi que partout ; et toujours le désir m'en chasse. Le plus beau souvenir ne m'apparaît que comme une épave du bonheur. La moindre goutte d'eau, fût-ce une larme, dès qu'elle mouille ma main, me devient d'une plus précieuse réalité.

*

Je songe à toi, Ménalque !

Dis ! sur quelles mers va voguer ton vaisseau qu'a sali l'écume des vagues ?

Ne reviendras-tu pas maintenant, Ménalque, chargé d'insolent luxe, heureux d'en réassoiffer mes désirs ? Si je me repose à présent, ce n'est pas dans ton abondance… Non ; – tu m'appris. à ne jamais me reposer. – Est-ce que tu n'es pas encore las de cette vie horriblement errante ? Pour moi, j'ai pu crier parfois de douleur, mais je ne suis de rien fatigué ; – et quand mon corps est las, c'est ma faiblesse que j'accuse ; mes désirs m'avaient espéré plus vaillant. – Certes, si je regrette aujourd'hui quelque chose, c'est d'avoir laissé sans y mordre, se gâter, s'éloigner de moi bien des fruits, des fruits que tu m'as présentés, Dieu d'amour qui nous alimentes. – Car, ce dont on se prive aujourd'hui, me lisait-on dans l'Évangile, plus tard on le retrouve au centuple… Ah ! qu'ai-je à faire de plus de biens que mon désir n'en appréhende ? – Car j'ai connu déjà des voluptés si fortes qu'un peu plus et je n'aurais plus pu les goûter.

<center>*</center>

On a dit au loin que je faisais pénitence – mais qu'ai-je à faire avec le repentir?

<div align="right">*SAADI.*</div>

Certes oui ! ténébreuse fut ma jeunesse ; Je m'en repens.

Je ne goûtais pas le sel de la terre Ni celui de la grande mer salée.

Je croyais que j'étais le sel de la terre Et j'avais peur de perdre ma saveur.

Le sel de la mer ne perd point sa saveur ; mais mes lèvres sont déjà vieilles pour la sentir. Ah ! que n'ai-je respiré l'air marin quand mon âme en était avide ? Quel vin va suffire à présent à me griser ?

Nathanaël, ah ! satisfais ta joie quand ton âme en est souriante – et ton désir d'amour quand tes lèvres sont encore belles à baiser, et quand ton étreinte est joyeuse.

Car tu penseras, tu diras : – Les fruits étaient là ; leur poids courbait, lassait déjà les branches ; – ma bouche était là et elle était pleine de désirs ; – mais ma bouche est restée fermée, et mes mains n'ont pu se tendre parce qu'elles étaient jointes pour la prière ; – et mon âme et ma chair sont restées désespérément assoiffées. – L'heure est désespérément passée.

(Serait-il vrai ? serait-il vrai, Sulamite ? –

Vous m'attendiez et je ne le savais point !

Vous m'avez cherché et je n'ai pas entendu votre approche.)

Ah ! jeunesse – l'homme ne la possède qu'un temps et le reste du temps la rappelle.

(Le plaisir frappait à ma porte ; le désir lui répondait dans mon cœur ; je restais à genoux, sans ouvrir.)

L'eau qui passe peut certes arroser encore bien des champs, et beaucoup de lèvres s'y désaltèrent. Mais que puis-je connaître d'elle ? – Qu'a-t-elle pour moi que sa fraîcheur qui passe ? et qui brûle quand elle est passée. – Apparences de mon plaisir, vous vous écoulerez comme l'eau. Que si l'eau se renouvelle ici, ce soit pour une constante fraîcheur.

Intarissable fraîcheur des rivières, jaillissement sans fin des ruisseaux, vous n'êtes pas ce peu d'eau captée où naguère mes mains trempèrent, et qu'on jette après parce qu'elle n'a plus de fraîcheur. Eau

<center>107</center>

captée, vous êtes comme la sagesse des hommes. Sagesse des hommes, vous n'avez pas l'intarissable fraîcheur des rivières.

Insomnies.

Attentes. Attentes ; fièvre ; heures de jeunesse en allées… Une ardente soif pour tout ce que vous appelez : péché.

Un chien hurlait désolément après la lune. Un chat semblait un petit enfant qui vagit.
La ville allait enfin goûter un peu de calme, pour, le lendemain, trouver tous ses espoirs rajeunis.

Je me souviens des heures en allées ; pieds nus sur les dalles ; j'appuyais mon front au fer mouillé du balcon ; sous lalune, l'éclat de ma chair comme un fruit merveilleux à cueillir. Attentes ! vous étiez pour notre flétrissure… Fruits trop mûrs ! nous vous avons mordus seulement lorsque notre soif était devenue trop affreuse et que nous n'en supportions plus la brûlure. Fruits gâtés ! vous avez rempli notre bouche d'une fadeur empoisonnée et vous avez profondément troublé mon âme. – Heureux qui, jeune encore, a mordu votre chair encore sure et sucé, figues, votre lait parfumé d'amour, sans plus attendre… pour courir après, rafraîchi, sur la route – où nous achèverons nos pénibles journées.

(Certes j'ai fait ce que j'ai pu pour empêcher l'usure atroce de mon âme ; mais ce ne fut que par l'usure de mes sens que je pus la distraire de son Dieu ; elle s'en occupait toute la nuit et tout le jour ; elle s'ingéniait à de difficiles prières ; elle se consumait de ferveur.)
De quel tombeau me suis-je évadé ce matin ? – (Les oiseaux de la mer se baignent, étendant leurs ailes.) Et l'image de la vie, ah ! Nathanaël, est pour, moi : un fruit plein de saveur sur des lèvres pleines de désir.

*

Il y a des nuits où l'on ne pouvait pas s'endormir.
Il y avait de grandes attentes – des attentes on ne savait souvent pas de quoi – sur le lit où je cherchais en vain le sommeil, les membres

fatigués et comme déjetés par l'amour. Et parfois je cherchais, par-delà la volupté de la chair, comme une seconde volupté plus cachée.

… Ma soif augmentait d'heure en heure, à mesure que je buvais. À la fin elle devint si véhémente, que j'en aurais pleuré de désir.

… Mes sens s'étaient usés jusqu'à la transparence, et quand je descendis au matin vers la ville, l'azur du ciel entra en moi.

… Les dents horriblement agacées d'arracher les peaux de mes lèvres – et comme tout usées du bout. Et les tempes rentrées comme par une succion intérieure. – L'odeur des champs d'oignons en fleurs, pour un rien m'aurait fait vomir.

Insomnies.

… Et l'on entendait dans la nuit une voix qui criait et pleurait : ah ! pleurait-elle, voilà le fruit de ces fleurs empestées : il est doux. J'irai dorénavant promener sur les routes l'ennui vague de mon désir. Tes chambres abritées m'étouffent et tes lits ne me satisfont plus. – Ne cherche plus de but désormais à tes interminables errances…

– Notre soif était devenue si intense, que, cette eau, j'en avais déjà bu tout un verre avant de percevoir, hélas ! comme elle était nauséabonde.

… Ô Sulamite ! vous aurez été pour moi comme ces fruits mûris à l'ombre et dans d'étroits jardins fermés. –

Ah ! pensais-je, toute l'humanité se lasse entre soif de sommeil et soif de volupté. – Après l'effrayante tension, concentration ardente, puis retombement de la chair, on ne songe plus qu'à dormir – ah ! sommeil ! – ah ! que si ne nous en réveillait pas vers la vie, un nouveau sursaut de désirs. –

Et l'humanité tout entière ne s'agite que comme un malade qui se retourne dans son lit pour moins souffrir. –

… Puis, après quelques semaines de labeur, des éternités de repos.

… Comme si l'on pouvait garder aucun vêtement dans la mort ! (Simplification.) Et nous mourrons – comme quelqu'un qui se dépouille pour dormir.

Ménalque ! Ménalque, je songe à toi ! – Je disais, oui, je sais : Que m'importe ? – ici – là – nous serons également bien.

… Maintenant, là-bas, tombait le soir…

… Oh ! si le temps pouvait remonter vers sa source ! et si le passé revenir ! Nathanaël, je voudrais t'emmener avec moi vers ces heures amoureuses de ma jeunesse, où la vie coulait en moi comme du miel. – D'avoir goûté tant de bonheur, l'âme sera-t-elle jamais consolée ? Car là j'étais, là-bas, dans ces jardins, moi, non un autre ; j'écoutais ce chant de roseau ; je respirais ces fleurs ; je regardais, je touchais cet enfant – et certes de chacun de ces jeux chaque nouveau printemps s'accompagne, – mais celui que j'étais, cet *autre,* ah ! comment le redeviendrais-je ! – (Maintenant sur les toits de la ville, il pleut ; ma chambre est solitaire.) C'est l'heure où là-bas les troupeaux de Lossif rentraient ; ils revenaient de la montagne ; le désert était plein d'or au couchant ; tranquillité du soir… maintenant ; (maintenant).

Nuit de juin –
Paris –

Athman, je songe à toi ; Biskra, je songe à tes palmiers. – Touggourt, à tes sables… – Le vent aride du désert agite-t-il encore là-bas, oasis, vos palmes bruissantes ? De chaleur, grenades éclatées, laissez-vous choir vos grains acerbes ? –

Chetma, je me souviens de tes courants d'eaux fraîches, et de ta source chaude près de laquelle on transpirait. – El Kantara, pont d'or, je me souviens de tes matins sonores et de tes soirs extasiés. – Zaghouan, je revois tes figuiers et tes lauriers-roses ; Kairouan, tes nopals ; Sousse, tes oliviers. – Je rêve à ta désolation, Oumach, ville effondrée, murs entourés de marécages – et à la tienne, morne Droh, hanté des aigles, village atroce, ravin rauque.

Chegga la haute, contemples-tu toujours le désert ? – M'rayer, trempes-tu tes grêles tamaris dans le chott ? – Mégarine, t'abreuves-tu bien d'eau salée ? – Témassine, flétris-tu toujours au soleil ?

Je me souviens, auprès de l'Enfida, d'un stérile rocher, d'où coulait au printemps du miel ; auprès était un puits, où des femmes très belles venaient puiser l'eau, presque nues.

Es-tu toujours là-bas, et maintenant au clair de lune, petite maison d'Athman, toujours à demi ruinée ? – où ta mère tissait, où ta sœur, la femme d'Amhour, chantait ou contait des histoires ; où la nichée de tourterelles jubilait tout bas dans la nuit – près de l'eau grise et somnolente. –

Ô désir ! que de nuits je n'ai pu dormir, tant je me penchais sur un rêve qui me remplaçait le sommeil ! Oh ! s'il est des brumes au soir, des sons de flûte sous les palmes, de blancs vêtements dans les profondeurs des sentiers, de l'ombre douce auprès de l'ardente lumière… j'irai ! …

– Petite lampe de terre et d'huile ! le vent de la nuit tourmente ta flamme ; – fenêtre disparue ; simple embrasure de ciel ; nuit calme sur les toits ; la lune.

On entend, dans le fond des rues délivrées, parfois un omnibus rouler, une voiture ; et tout au loin, quittant la ville, les trains siffler, les trains fuir – la grande ville attendre le réveil…

Ombre du balcon sur le plancher de la chambre, vacillement de la flamme sur la page blanche du livre. Respiration.

– La lune est à présent cachée ; le jardin devant moi semble un bassin de verdure… Sanglot ; lèvres serrées ; convictions trop grandes ; angoisses de la pensée. Que dirai-je ? *choses véritables*. – AUTRUI – importance de *sa* vie ; lui parler…

HYMNE

à M. A. G.

Elle tourna les yeux vers les naissantes étoiles. «Je connais tous leurs noms, dit-elle ; chacune en a plusieurs ; elles ont des vertus différentes. Leur marche, qui nous paraît calme, est rapide et les rend brûlantes. Leur inquiète ardeur est cause de la violence de leur course, et leur splendeur en est l'effet. Une intime volonté les pousse et les dirige ; un zèle exquis les brûle et les consume ; c'est pour cela qu'elles sont radieuses et belles.

Elles se tiennent l'une à l'autre toutes attachées, par des liens qui sont des vertus et des forces, de sorte que l'une dépend de l'autre et que l'autre dépend de toutes. La route de chacune est tracée et chacune trouve sa route. Elle ne saurait en changer sans en distraire aucune autre, chacune étant de chaque autre occupée. Et chacune choisit sa route selon qu'elle *devait* la suivre ; ce qu'elle doit, il faut qu'elle le veuille, et cette route, qui nous paraît fatale, est à chacune la route préférée, chacune étant de volonté parfaite. Un amour ébloui les guide ; leur choix fixe les lois, et nous dépendons d'elles ; nous ne pouvons pas nous sauver.»

ENVOI

Nathanaël, à présent, jette mon livre. Émancipe-t'en. Quitte-moi. Quitte-moi ; maintenant tu m'importunes ; tu me retiens ; l'amour que je me suis surfait pour toi m'occupe trop. Je suis las de feindre d'éduquer quelqu'un. Quand ai-je dit que je te voulais pareil à moi ? – C'est parce que tu diffères de moi que je t'aime ; je n'aime en toi que ce qui diffère de moi. Éduquer ! – Qui donc éduquerais-je, que moi-même ? Nathanaël, te le dirai-je ? je me suis interminablement éduqué. Je continue. Je ne m'estime jamais que dans ce que je pourrais faire.

Nathanaël, jette mon livre ; ne t'y satisfais point. Ne crois pas que ta vérité puisse être trouvée par quelque autre ; plus que de tout, aie honte de cela. Si je cherchais tes aliments, tu n'aurais pas de faim pour les manger ; si je te préparais ton lit, tu n'aurais pas sommeil pour y dormir.

Jette mon livre ; dis-toi bien que ce n'est là qu'une des mille postures possibles en face de la vie. Cherche la tienne. Ce qu'un autre aurait aussi bien fait que toi, ne le fais pas. Ce qu'un autre aurait aussi bien dit que toi, ne le dis pas, – aussi bien écrit que toi, ne l'écris pas. Ne t'attache en toi qu'à ce que tu sens qui n'est nulle part ailleurs qu'en toi-même, et crée de toi, impatiemment ou patiemment, ah ! le plus irremplaçable des êtres.

Disponible dans la collection

Les Atemporels

— **Les Onze mille verges** de Guillaume Apollinaire
Préfacé par Yoann Laurent-Rouault

— **1984** de George Orwell
Préfacé par Jean-David Haddad
Traduit par Clémentine Vacherie

— **La ferme des animaux** de George Orwell
Préfacé et traduit par Aïssatou Thiam

— **Psychologie des foules** de Gustave Le Bon
Préfacé par Benoist Rousseau

— **Aziyadé** de Pierre Loti
Préfacé par Alain Maufinet

— **Le livre des médius** d'Allan Kardec
Préfacé par Amélie Galiay

— **Les paradis artificiels** de Charles Baudelaire
Préfacé par Yoann Laurent-Rouault

— **Du contrat social** de Jean-Jacques Rousseau
Préfacé par Yoann Laurent-Rouault

Découvrez les autres collections de JDH Éditions

Magnitudes

Drôles de pages

Uppercut

Nouvelles pages

Versus

Les Collectifs de JDH Éditions

Case Blanche

Hippocrate & Co

My Feel Good

F-Files

Black Files

Quadrato

Baraka

Les Pros de l'Éco

Sporting Club

Tierra Latina

L'Édredon

La revue littéraire de JDH Éditions

Venez découvrir les textes de la revue
**Textes et articles dans un rubriquage varié
(chroniques, billets d'humeur, cinéma, poésie…)**

Suivez **JDH Éditions** sur les réseaux sociaux
pour en savoir plus sur les auteurs,
les nouveautés, les projets…

Inscrivez-vous à notre Newsletter sur
www.jdheditions.fr
Pour recevoir l'actualité de nos nouvelles
parutions